Alina Linde

Drachenhaut

(Erzählung)

Malinova, Alina:
Drachenhaut : Erzählung / von Alina Malinova
Herstellung und Verlag: BoD – Books on Demand, Norderstedt, 2024

ISBN: 9783758321443

DAS MÄDCHEN IM HAFEN

Sie hätte nur laut pfeifen müssen, ein gellender Pfiff, mehr nicht, und alles wäre gut gewesen. Aber sie hatte das Zeichen nicht gegeben; hatte diesen ihr eigentlich völlig unbekannten Mann fest an die Hand genommen („Komm, wir müssen schnell durch hier. Kopli, das ist gefährlich." „Warum? Ist doch ganz ruhig hier.") und mit sich gezogen. Warum nur? Weil er sie in Rocca al Mare ganz sanft umarmt und ihr Gesicht mit zarten Küssen benetzt hatte? Weil er mit ihr Eis gegessen und sie später ein Mal, gleich noch einmal durch die Luft gewirbelt hatte? („Du bist so leicht wie eine Feder, Marina!") Weil seine Augen so tief waren wie das Meer, seine Stimme so weich und seine ganze Art so zuvorkommend, so ehrlich, so schön? Weil Amors Pfeil sie irgendwo bei der Dicken Margarete gestriffen und sie spätestens auf dem Domberg zu träumen begonnen hatte, es könnte für immer sein? Weil ...

Tallinn - wie groß ist diese Stadt, wie alt, wie reich an Dingen zu sehen. Erleben. Sehenswürdigkeiten, die alle Touristenführer beschreiben. Alltägliches, Ausgefallenes. Wie überall im Leben. Der Hafen – ein Tor zum Westen, Süden und Norden. Boote, kleine und große, die bald rasch, bald bedächtig ihrem Ziel zustreben. Ein Mädchen saß auf der Kaimauer, scheinbar gelangweilt, die Hände spielten mit Kieseln, ihre Augen, sie suchten. Und wenn einer der Skipper von seinem Boot in ihre Richtung blickte, ihr ein Zeichen gab oder gar zurief: ein prüfender Blick auf das Boot, den Mann, ein Nicken, je nachdem, ein Kopfschütteln. Minuten, bis sie sich schließlich auf halbem Weg trafen: „Ich heiße Marina. Und du?" Ein Name.

„Soll ich dir Tallinn zeigen?" Wie kannte sie die sie dann musternden Blicke. Männerblicke halt. Was da noch Weiteres sagen? Tallinn also, ein gemeinsamer Tag; und wenn es Nachmittag war (und bis zum Abend noch so viele Stunden): „Rocca al Mare – kennst du das?" „Was ist das?" „Ein Freilichtmuseum, das muss man auch sehen." Meist war der Blick ihres Begleiters dann eher gelangweilt gewesen. Ein Augenaufschlag sodann, das richtige Körperspiel: „Bitte ... und ich freu' mich schon so auf heut' Abend." Rocca al Mare also, das Meer und abends auf dem Rückweg: Kopli ... Das Leben macht hart. Einen Tag lang hatte sie sich verkauft, hatte sich vieles gefallen lassen, wofür sich die meisten vor ‚ihren' Frauen wohl schämten. Ein Job, kalt wirst du dabei, ein Spiel mit Reizen, Gefühlen, Hormonen ... Ein Pfiff nur, durchdringend und laut, wie ihn nur Mara in die Luft werfen konnte ... den Rest hätten die Jungen erledigt; ein Job nur, genau wie der ihre. Und wenig später hätte sich Marina unter ihrer grauen Decke eng an Tamara gekuschelt – nicht dass man jetzt denkt, nur so ist es wärmer. „Ein Kerl, wie immer ...", ein Gedanke zu herbstdunkler Stunde, mehr nicht. Ihre feste Haut aus Drachenschorf schützte sie immer: vor Wunden, Bildern, vor Sehnsucht und Träumen ... Und am nächsten Morgen hätte sie dieses vielleicht gerade einmal zwölfjährige Mädchen neben sich ganz zärtlich zur Seite gerollt, ihr noch einmal über die ständig zerzausten Haare gestrichen („Ich müsste ihr einmal eine Bürste besorgen!"): „Schlaf noch ein wenig. Der Tag ist lang, so lang und draußen heult Wind und Regen!", wäre selbst aus der Decke gekrochen und zum Hafen gegangen. Wie immer, wie gestern, wie morgen. Irgendwann würde sie Tamara mitnehmen – zu zweit ist es besser. Aber das hatte Zeit. Warum ihr das antun, wenn sie es jetzt noch nicht musste?! ... Tamara also – eines Tages war sie vor ihr gestanden, frierend, nicht wissend wohin und wie weiter. (So wie es auch ihr ergangen war vor eineinhalb Jahren.) „Mama ...“ „Was ist mit Mama?“ Eigentlich hatte sie anderes zu tun, als sich um fremde Kinder zu kümmern ... „Was ist mit ihr, sag schon ...“ Tamara hatte geschwiegen, auf ihre zerschlissenen Schuhe geblickt, war ihrem Blick ausgewichen, und Marina hatte verstanden. „Schon recht, musst es nicht sagen. Sag's einfach 'mal später.“ Seitdem hatte sie so etwas wie eine kleine Schwester, die ihr überallhin folgte. Zu zweit ist es besser, auch hier, zumal in der Gruppe ... Frühling, Sommer, Herbst. Irgendwann waren die Jungs auf die Idee mit dem Hafen gekommen, eine gute Idee, besser als alles andere. Nur kalt musst du werden, eine Drachenhaut muss wachsen, ohne Risse und Wunden. Nicht nur dabei, nein im ganzen Leben. „Was machst du immer, wenn du in die Stadt gehst, Mara?“ „Ich warte, dann gehe ich mit Touristen spazieren und zeige ihnen die Stadt ... und am Abend komme ich zu dir zurück und erzähle, was ich gesehen habe.“ Tallinn, der Hafen, die Stadt, ihr Job – die eine Seite. Die andere verschwieg sie dem Mädchen. „Ich will auch mit.“ „Nein, Tamara.“ „Warum?“ Was sollte sie ihr antworten? „Du musst doch auf unsere Decke aufpassen. Sonst wird sie gestohlen!“ „Aber ...“ „Nicht aber!“ „Ich könnte sie mitnehmen!“ „Nein, was hast du nur für lustige Gedanken! Du bleibst hier und basta.“ Mit was für großen runden Augen hatte Tamara sie angesehen, dann traurig genickt: „Ja, Mama.“ „Ich bin nicht deine Mama, das weißt du doch!“ Fast tat es ihr leid, dass sie die Kleine nicht mitnahm. Aber es ging nicht. Auch wenn es schön wäre ...

Tallinn. Ein Tag ... ein Abend. Und dann? Wenn er Glück hatte, verlor er nur Geld, anderes ... wenn nicht ... nun ja, halt das Leben. Marina war es schon nicht mehr wichtig: Drachenhaut, Schuppen und Flechten; ein Mädchen gefangen unter ihrem Panzer. Doch manchmal, nein, eigentlich immer, brauchte sie trotz alledem das tröstende Wissen, Tamara warte schon den Tag über auf sie, um aufgeregt auf sie zu zustürmen, wenn sie sie schon von weitem kommen sah. „Lass mich erst ausschnaufen." Schnell die Schuhe auszuziehen, die Klamotten, die sie so sehr schonte – sie wären ohnehin viel zu kalt für den Herbst hier draußen – sich alles von soeben abwaschen. „So, jetzt bin ich Marina!" „Was bist du sonst?" „Mhm, eine Dame!" Tamara lachte, Marina auch. Und beide breiteten all die kleinen Schätze, die Mara beschafft hatte, auf ihrer Decke aus. Ein kleines Festmahl im Halblicht einer durch Fensterhöhlen kriechenden Laterne. Früher schaute oft auch Grischa vorbei, der immer zwischen Himmel und Erde schwebte, manchmal so lustig war, dass sogar Mara laut lachte, andermals aber bis in die Unterwelt weinte. Wellen – auch bei ihr, ja, bei allen hier draußen. Sehnsucht ist eine rote Pflanze; sie leuchtet im Dunkeln ... Erinnerungen ... bunte Blätter ... meist schob Marina sie lustlos zur Seite; doch manchmal hob sie handvollweise diese bunte Pracht auf, um sie in die Luft zu werfen, übermütig, fröhlich; wie ein Kind, das sie doch eigentlich war mit ihren wenigen Jahren. „Früher habe ich mir oft aus Blättern eine Burg gebaut, Tamarka, eine richtige Burg. Stell' dir vor: Du bist in einer luftig leichten Kammer ... und bunt sind die Wände!" Doch dann war immer ihr Bruder gekommen und hatte mit den Füßen so lange ins Laub getreten, bis Marina wütend herauskam und ihn verjagte ... Manchmal auch mehr. Natürlich gab es dann Ärger. Aber Marina hatte nicht geweint, nicht geschrien, sich geschützt, wie sie irgendwie konnte. „Damals lernte ich, dass stark sein nichts mit Kraft zu tun hat, sondern mit Zähigkeit und innerer Stärke. Gegen alles kannst du dich schützen. Nur nicht gegen Kälte." Ein Igel mit aufgestellten Stacheln. Dann war sie einfach immer öfter von zu Hause weggelaufen, nur um stundenlang durch die Stadt zu irren; Menschen, Hunde, Katzen, Autos, Straßenbahnen ... schließlich zurück, Mama hatte weggeschaut, ganz so wie immer. Träume sind unsichtbar. In der Schule hatte Marina sie sichtbar gemacht. Weil die Wahrheit nicht passte. Oder wer wollte schon wissen, wie es bei ihr daheim aussah? Eine Welt – eng, weit. Flucht – Rückkehr, Reue; dann alles von neuem. Eines Abends ... was muss ich auch das noch erzählen ... alles schien in ihr zu zerbrechen ... alles ... ihr Leben. Und als sie wieder allein war, hatte sie ihre Stoffkatze in den Arm genommen, etwas Geld aus Mutters Schatulle und war gegangen. Hinaus in die Welt, hinaus aus einem zumindest nach Außen hin geordneten Leben. Tallinn ist groß, riesig kennst du nur das Leben einer Kleinstadt. Und als das Geld aufgebraucht war, blieb nur noch Kampf, Überleben. Der Park ... die Nacht. Angst kann dir den Schlaf rauben, dich aushöhlen ... viel mehr als Frost oder Schmerzen. Begegnungen, Schatten, Wirklichkeit. Sie, ein wildes Tier, aufgeschreckt, um sich schlagend und beißend. Tage, vielleicht eine Woche. Dann hatte Grischa sie angesprochen: „Hast du eine ..." „Was?" „Ne Kippe halt!" Marina hatte den Kopf geschüttelt, nur weg hier; nur weg von diesem kahlgeschorenen Jungen, dem zwei Schlagringe um die Handgelenke schlenkerten, mit Augen, deren Flackern sie nur noch mehr verschreckten. „Keine Panik, bist wohl neu hier." Seine

Augen, für einen Augenblick hatten sie einen fast liebevollen Zug angenommen: „Ich bin Grischa, und du?" „Mara." Ein Lächeln. „Allein hier?" „Mhm ..." „Das geht nicht ..." Grischa, Julija sodann. In manchen Situationen ist es eben doch besser, ein Mädchen einzuschalten. Mit ihr war sie nach Kopli gekommen, hierher, dort, mit Grischa. Und wieder hatte ihr Leben eine neue Wendung genommen. Grischa, Kopli, Julija, Bogdan, die anderen Jungen und Mädchen der Clique ... Wenn sie gelangweilt zusammen saßen, Klebstoff, Zigaretten oder Vodka kreisten, hatte sie anfangs abgelehnt, später aber doch mitgemacht: Vodka wärmt, auch wenn du dich vor ihm ekelst, nicht nur den Körper; eine Nebelwand ... Marina – irgendwie musste sie leben. Heimatlosigkeit ist ein Baum mit tausend Ästen, sie schreien nach Boden. Und wenn Marina die Sehnsucht nach Wärme oder Geborgenheit wie Tsunamiwellen überkam, nach einem Leben wie sie es noch ganz entfernt kannte, hatte sie sich unter Grischas Decke nach links und rechts gewälzt, schlaflos im Halbschlaf, hatte leise geschrien, geweint ... „Wach auf Marusja, aufwachen!" Wie oft hatte Grischa sie dann aufgerüttelt, einen Augenblick an sich gedrückt, nur um dann wieder selbst in Dämmerschlaf zu versinken, Marina allein lassend in ihrer Einsamkeit und Trauer. Grischa war hart wie Stein. „Auch du musst es werden, sonst hast du hier keine Chance!" Eines Abends hatte er Marina in die Stadt mitgenommen. Eine Nacht – es war nicht die letzte dieser Art. Das Leben macht hart. Ein Steinsims am Bahnhof, warten .... bis ... Wenigstens hatte sie einen Freund, der sie schützte. Grischa. „Bist du eifersüchtig?" „Ich? Nein ..." Wie schön war es, dass seine Augen ganz anderes erzählten. „Es tut gut, dass ..." „Was?" „Dass du es doch bist ..." Grischa, Marina. Am nächsten Tag hatte er den

Kopf geschüttelt, als sie wieder dorthin gehen wollte. Marina verstand und war glücklich. So glücklich wie schon lange nicht mehr. Der Winter, was machte er schon aus, wenn sie nicht allein war und wusste, Grischa würde gleich kommen, zu ihr, vielleicht nur zu ihr, und würde sie mit seiner immer etwas rohen und doch fast kindlichen Art in den Arm nehmen ... Was machte es da schon aus, dass er oft betrunken war, dass seine Eifersucht sie in einen eisernen Käfig sperrte, dass sie aufhören musste, Eigenes zu wollen, lernend nur seine Wünsche zu leben ...Was machte das alles schon aus ... wenn sie nur nicht allein war. Ein Winter, ein kleiner, klitzekleiner Traum in der Kälte. Dann hatten sie Grischa eingesperrt. Sie wusste nicht, wegen welcher Sache. Er war nicht mehr zurückgekommen ... oder nicht zu Marina. Grischa, ein Vogel, ein wildes Tier, wie er gekommen war, so war er verschwunden. Und nur der Geruch seiner, ihrer grauen Decke erinnerte noch an vergangene Stunden. Warten, Fragen: „Hat jemand Grischa gesehen?" Die anderen schüttelten den Kopf oder schwiegen. Wochen. Dann hatte sie ihn wieder gesehen, nicht allein, mit einem fremden Mädchen ... Tiia soll sie heißen. Ein estnischer Name. Grischa wird sie wohl in einem der Clubs aufgerissen haben. Im Knast wohl kaum. Oder sie ihn. Einerlei. Nicht einerlei. Und ein Gefühl war in ihr gewachsen, das Eifersucht sein konnte, Hass, Verzweiflung ... Wenig später hatte sie dieses Mädchen auf der Straße angerempelt, angeschrien ... Dann war sie einfach weitergegangen, als wäre gar nichts gewesen. Wortlos, gefühllos, eine sichere Haut aus fest sich schließenden Schuppen. (Und Tiia hatte nicht verstanden, woher diese plötzlich über sie hereinbrechende Wut denn nur herkam.) Leere, Verbitterung, hilflose Tränen ... Als am Abend einige Jungen der

Gruppe zu Mara kamen, hatte sie sofort zugestimmt, den Lockvogel für sie zu spielen. Einerlei, hatte sie doch ohnehin schon alles verloren.

Der Hafen, die Boote – privat kommt nur hierher, wer ankommt oder abfährt, etwas erledigen muss, Geld hat, eine teure Uhr, Schmuck ... oder einfach nur Lust auf ein Mädchen. Routine für ein Kind wie Marina. Wie man Männer anmacht, hatte sie gelernt; wie man sie einen Tag bei Laune hielt, konnte sie lernen. Abends auf den Straßen Koplis war ihr Geschäft erledigt. Wenn sie Glück hatte ganz ohne übertriebene Nähe ... Routine ... ich brauche sie nicht zu beschreiben. Nur diesmal war es anders gewesen. Ein Tag ... war es nur, weil sie sich einen Tag lang nicht von ihren Träumen hatte lösen können, weil ihre feste Haut einen Riss bekommen hatte und ein Gefühl in ihr waberte, das sie sonst nicht mehr wollte? Weil auch er Worte mit ihr wechselte, die mehr waren als nur dumpfe Töne? Tallinn. Sie erzählte, was sie wusste, er ergänzte das Seine. Als woben sie einen Teppich aus Bildern, Geschichten und Worten – bunt, farbig, leicht, wie ihre Gedanken. Zum ersten Mal seit so langen, langen Tagen ein Gefühl, das sie hoch und höher in die Kräuselwolken des Herbsttages empor trug: „Rede weiter, bitte, dass ich dich hören kann, dir zuhören, dich ansehen ..." Worte, auch wenn nur in einer Sprache, die sie selbst kaum beherrschte. Einerlei. Was war das denn wichtig? Tallinn, ihre Stadt, jetzt hier ... überall. (Wie weit entfernt war doch Kopli!) Das bunte Leben links, rechts, vor ihnen, um sie beide. Fragen, Antworten, Blicke, ihr gemeinsames Lachen. Ein Cafe, als er sie Stück um Stück mit Sahnekuchen fütterte, ihre Frage: „Kann ich nicht bei dir bleiben?" Hatten sich da seine Brauen gerunzelt?

„Entschuldigung, es ist nur für heute." Sahnekuchen, Eiskugeln soviel sie nur wollte. Bildfetzen, ein Tag ... Rocca al Mare ... Kopli (hatte er überhaupt geahnt, in welcher Gefahr er schwebte?) ... der Hafen ... das abendliche Licht vom Meer her ... die nächtliche Stadt ... er hatte sie direkt bis ans Boot getragen ... und als sie am Morgen neben ihm erwachte, hatte sie sich zuerst die Augen gerieben, um sich geblickt: „Wo bin ich?", dann erst langsam begriffen. Das Meer, das Boot, ein neuer Tag, draußen kreischten die Möwen. Dann hatte er ihr aus dem Boot geholfen, hatte einen letzten Blick auf sie geworfen, er war schon nicht mehr so nah wie noch eben; hatte mehr lässig denn genau das Boot inspiziert – in Ordnung, jetzt kann es losgehen. Das Mädchen stand noch immer traumverloren am Kai. „Was ist?" „Nimmst du mich mit?" „Wohin?" „Wohin fährst du?" „Riga." „Riga ist schön. Schöner als Tallinn." „Meinst du?" „Weiß' nicht ... doch, alles ist besser! ... Und dann?" „Danzig, Stockholm, nach Hause." „Zu Hause ist gut ... Würde gerne ..." Er hatte gelacht, nicht verstanden ... „Na, Kleine, die Welt wirst du schon noch erleben. So jung wie du bist ... Bye, bye, Baby." „Leb wohl und gute Reise." Langsam verschwand sein Boot aus dem Hafen ... irgendwohin ... alleine. Warum? Warum hatte sie gestern nicht das Signal gegeben, ein lauter, schreiender Pfiff nur. Und alles wäre gut gewesen. Vielleicht hätte sie sich diesmal hinter eine Mülltonne gekauert, sich alles mit angesehen, vielleicht sogar mitgemacht (nur um schneller zu vergessen), sich wenig später unter ihre graue Militärdecke verkrochen und noch ein wenig an Tamaras Seite in sich hinein geträumt. Mehr nicht. Und am nächsten Morgen wäre auch der gestrige Tag schon wieder vergessen gewesen. Oder zumindest ein wenig. Aber so war es nicht gewesen ... Das Meer, eine rote Straße auf den Wellen ... Riga ...

Danzig ... Stockholm ... nach Hause ... dort ...überall ... nicht hier. Er. Und sie?

„Marina!" Ein lauter Schrei weckte sie aus ihren Träumen ... „Was machst du denn hier, Tamarka? Ich habe dir doch verboten, hierher zu kommen!" „Ja, aber ...", das kleine Mädchen blickte verlegen zur Seite, „Wir suchen dich schon so lange ... ich ... die Decke ..." Marina lächelte. „Schon recht, Tamarka."

Tallinn, das Meer ... Das Leben ist wie ein großer Vergessensschwamm. Und das ist wohl gut so. Nur manchmal ist er voll gesogen von Sehnsucht. Wonach? Nach Wärme, Liebe, Geborgenheit. Nach Zuhause. Marina ... der Hafen, das Meer, ein Schiff, jetzt irgendwo schon unsichtbar in der Ferne. „Lass uns gehen, Tamarka." Morgen würde sie wieder auf der Kaimauer sitzen und warten. Drachenhaut ... Als wäre alles wie immer ...

TAMARKA

Ich habe Tamarka gefunden, gestern Nacht im Bahnhof. Auf dem Steinsims an der Treppe hat auch schon Julija gesessen. Marina. Wie alt sie wohl sein mag? Dreizehn? Vierzehn? Alle hier auf der Straße wirken viel älter als sie wirklich sind. „Das Leben macht hart", wie Julija immer sagte. Vielleicht ist es damals auch Bogdan gewesen. Einerlei. Bildeten beide doch so etwas wie eine Einheit im Leben. Bogdanjulija sozusagen. Bei Marina ist immer so etwas wie eine unsichtbare Distanz gewesen. „Julija2 eben", wie mir Mara einmal erklärte ... Okay. Gut gebaut ist die Kleine auf alle Fälle. (Wenn man das so offen sagen darf.) Wortlos reiche ich ihr dreißig Euro. Das Mädchen nickt. Ihre Linke zieht wie zufällig eine Linie auf dem Stein neben uns. Irgendwo wird wohl ihr Schatten stehen. „Wohin?" Fast tonlos ihre Stimme. Und doch kann ich ihre Anspannung fühlen. „Marina ... Grischa?" Sie stutzt. Einen kurzen Moment lang. Gleich hat sie sich wieder gefangen. „Da ist so viel geschehen." „Was?" „Die hat ihre Lektion bekommen ..." Fast beiläufig könnte ihre Antwort klingen. „Wer? Verstehe nicht?" „Willst du quatschen oder was ..." Etwas wie Misstrauen kann ich in ihren Augen lesen, Argwohn, stummer Hass ... „Also ... gleich hier ... meinetwegen ... wird halt Stress geben ... aber bitte ..." Als ich keine Antwort gebe, greift das Mädchen in den Ausschnitt, mir das Geld zurückzugeben. „Я могу и без благотворительности! - Auf Almosen kann ich verzichten!" Etwas beschämt nehme ich die Scheine entgegen. Aktion gescheitert. Diesmal liegt es wohl besser an mir, das Weite zu suchen. Ein lautes „Дурак - Spinner!" ist das Letzte, was ich von dem Mädchen höre. Ihre Lektion scheint auch sie schon gelernt zu haben.

JULIJA2

„Sind armastan" heißt "Ich liebe dich." Sind armastan, sind armastan, sind armastan ... auch wenn du mir oft sehr weh getan hast und niemals verstandest, wie ich Liebe mir dachte, sie fühlte, erträumte: überall – warst du bei mir, nicht bei mir. Wenn du meintest, dass wir eins wären, ohne zu begreifen, dass wir zusammen sein konnten, Haut an Haut, Zunge auf Zunge, unsere

Hände und Blicke sich berührten, erkundeten und verzauberten, ohne uns wirklich zu begegnen. Nebeneinanderwelten nur. Am Anfang war das Sehen: Du schautest zu, als ich des anderen zwischen die Lippen führte, zwei Hände um den Hals, hart, schwer, mein Atem sich hob und senkte – was du dabei empfandest, mag ich nicht denken ... Damals. (War es nur Zufall, dass sich über uns dunkle Wetterwolken türmten?) Ein Job. Für mich war er fast schon Routine. Minuten, die nicht mir gehörten. Vorbei. Nicht vorbei. Nachdem sie gegangen waren, raffte ich mein Zeug zusammen, band mir das Haar zum Pferdeschwanz (seltsam, dass die meisten es dabei offen haben wollen ...), nickte dir zu – das Zeichen zum Aufbruch. Elf Schritte über die Straße hinweg, ich zu dir, du zu mir, als wir nach Hause gingen, fühlte ich zum ersten Mal, dass du mehr als nur irgendwie an mich dachtest. Du ... an mich ... oder war es nur so, weil es dich noch immer erregte, wie ich es vor deinen Augen einem anderen machte? Ich weiß es nicht – nur dass du mich an jenem Abend von den anderen wegführtest, du ... mich ... und ich wusste, was folgen würde. Ganz gleich, ob ich es in diesem Augenblick wollte oder nicht wollte. Aber das war ohnehin keine Frage. Allein bist du schwach, ein nichts auf der Straße. Besonders wenn du ein Mädchen bist; nur ein Mädchen, wie ich schon so viele Jungen bald im Ernst bald mit scherzhaftem Bedauern sagen hörte. Schutz gegen Nähe,.Nähe gegen ... Einerlei, dem Gesetz der Straße konnte auch ich nicht entgehen. Wollte es nicht. Zumal ich in dem Jahr, das wir zusammen waren, nicht schlecht lebte. Ich die Königin war, nicht nur, weil du es so wolltest. Aber das war erst später. Nachdem Julija nicht mehr bei dir war. Julija. Nicht mehr bei dir. Bei uns. Du weintest. Eine Nacht lang. Keiner sollte es sehen. Du. Eine Nacht, in der auch ich nicht schlafen konnte, Julijas Schreie mir nicht mehr aus den Ohren gingen, aus dem Sinn nicht. Mir, dir, sicherlich auch den anderen beiden nicht, die sie hielten. Wie dann Sascha, der noch Tage danach nur noch ein Schatten seiner selbst war?

Roulette. „Drei Möglichkeiten gibt es", hatte Sascha Julija ein paar Tage zuvor gesagt: „Entweder es ist weg, und du lebst; oder du lebst und es ist nicht weg; oder ..." Vielleicht gab es auch noch weitere. Einerlei. Julija nickte. Was hätte sie nach all den missglückten Versuchen zuvor auch anderes tun sollen ... Roulette also. Der Einsatz ist dein Leben. Julija hatte sich verzockt. Damals. Oder viel früher. (Aber da konnte sie nichts machen.) Ein eher kühler Sommernachmittag. Wir hatten extra drei Tage verstreichen lassen, die uns zu heiß dafür schienen. Weil wir einen kühlen Tag für besser uns dachten. Ein kahler Raum, ein Tisch, Vodka – möglichst hochprozentig – als Narkoseersatz und direkt aus der Flasche. Schluck um Schluck. Den Rest verwendeten wir zum Desinfizieren. Sascha, ich ... Zwei andere Jungs aus der Clique, die sie festhielten. Operation ... ein zu schönes Wort für das, was wir taten, tun wollten. Machten. Oder doch nur versuchten. Ich will es nicht sagen ... Blut, ich habe noch nie so viel Blut gesehen wie in dieser endlos langen halben Stunde. Julijas Schreie (Wie kann ein Mensch so schreien?), ihr Wimmern später nur noch, schließlich Verstummen. Schon bald hoffte ich nur noch, dass sie gar nichts mehr spürte, nur mehr ein Gedanke war in den Strahlen der uns wie zum Hohn durch die Wolken brechenden Sonne. Aus. Zu Ende. Ausgezockt. Ein weißes Leintuch sodann, mit Blechbüchsen ausgegrabene Erde. Steine, mit bloßen Händen. Irgendwo. Dort, wo Julija sich immer versteckt hatte, wenn sie allein sein wollte.

Was sollten wir auch anderes machen. Später bist du, Bogdan, in die Stadt gegangen, einen Strauß Blumen zu holen. Langstielige, dornenlose Rosen: weiß, rot, gelb. Weil du wusstest, dass Julija sie mochte. Gemocht hatte. Sie leuchteten bunt auf der frischen Erde. Dann blieb nur Trauer, Wut, Vergessen, Nichtvergessenkönnen und -wollen. Dein Schwur. Auch wenn du nicht einmal wusstest, ob du Schuld warst an dem Ganzen. (Wer weiß das schon – im normalen Leben vielleicht. Aber was ist schon normal in unserem Leben?!) Drei Tage hast du ihn gehalten. Drei Tage, in denen für uns alle Ausnahmezustand herrschte. Am Abend des vierten hatte ich mich mit kalten Regenwasser von Kopf bis Fuß gewaschen, hatte Julijas graues, mir eigentlich viel zu enge T-Shirt übergestreift – ich weiß nicht, warum ich es machte –, war aufgestanden und dorthin gegangen, wo sie mich eingeführt hatte. Stamm-kundschaft. Zwei bis drei Mal siehst du sie in der Woche. Manche auch öfter. Eine schnelle Nummer. Man kennt sich. Kennt die Regel: Geld gegen Liebe. Routine – ich weiß, wie ich es ihnen gebe. Mich. Männer sind Tiere. Wie können sie nur an solchem Freude empfinden? Ohne Wärme, Zuwendung – ohne Liebe. Keine Routine. Sie kommen und gehen, Windböen gleich, die über uns Grashalme ziehen. Mittelalte meistens, die nicht nur Entlastung zwischen den Beinen suchen: Selbstbestätigung vielmehr oder einfach nur Abwechslung von einem schon viel zu glatt gewordenen Leben. (Zu Hause dampft vielleicht schon das Abendessen auf dem Tisch, ein kurzer Anruf zuvor mit dem Handy: „Fang' schon mit dem Essen an, Schatz, ich muss heute noch etwas länger in der Firma bleiben! ... Ja, ich rufe an, wenn ich losfahre ... Ja, Schatz ... ich liebe dich." Dann kommen sie zu uns auf den Bahnhof, in den Hafen. Eine schnelle Nummer. Als wollten sie nur sehen, dass sie noch funktionieren. Schon sind sie weiter. Manchmal stecken sie uns zuvor noch zum Abschied einen zusätzlichen Geldschein in den Ausschnitt. Wie toll sie sich dabei vorkommen, brauche ich nicht zu sagen.) Ein paar sind auch jünger. Blutjung und anders. Unsicher zuweilen sogar. Ich merke, dass sie sich noch auf fremden Terrain bewegen, erste Schritte in Sachen Liebe wagen und sich mir zuweilen mit einer spürbaren Angst nähern, sich nicht zu bewähren. Behutsam zeige ich ihnen dann die Wege; lasse sie ausprobieren: feuchte Hände, die unter meinem T-Shirt wandern, suchen, erkunden, sich manchmal auch wieder zurückziehen, um erneut vorzudringen; mich an sich ziehen und bald ungestüm, bald behutsam und unsicher entblättern – nicht nur ein Mal muss ich ihnen die entscheidenden Schritte abnehmen – erleben, fühlen, genießen. Manchmal denke ich dann, ich könnte sie mögen, öffne mich ihnen, einen Moment lang, ohne selbst all das um uns wahrzunehmen. Ein Augenblick. Selten, dass ich dafür ein Lächeln ernte. Ein letzter Blick zum Abschied. Ich weiß, sie werden nicht wieder kommen. Gehen sie doch bald schon bessere Wege ... Kleine Leuchtkäferchenlichtblicke am Horizont, wenn sie kommen und gehen. Ich könnte mich wie eine Missionarin fühlen. (Was für einen Vergleich ich hier wage!) Und dann gibt es auch noch solche Kerle, die nur durch mich Empfindungen in sich auszuleben begehren. Fremde Berüh-rungen. Ich weiß, was ich in ihnen bewirke. Weiß, dass ich Macht über sie habe. Eine unheimliche Macht. Ich muss mich nur ihnen geben. Nicht Hingeben. Mein Körper sorgt dafür schon alleine. Sie können sich nicht wehren, reagieren, wie ich ihnen durch meine bloße Nähe vorgebe. Rufen, schreien, verlangen. Doch in mir schweigen alle Stimmen, die antworten könnten. Ihnen. Sie kommen und gehen. Um Tags darauf wiederzukehren: eine Bierflasche in der Hand; wie oft sie erst direkt vor uns ihre Zigaretten zertreten. Stammkundschaft. Du kannst sie nicht wählen. Nur gute Miene zum schlechten Spiel machen und dir deine eigene Überlebensstrategie zurechtlegen. Vier Tage warteten sie vergeblich. Dann kam ich wieder. Alleine. Ein viel zu enges, graues T-Shirt umschloss meinen Körper. „Wo ist Julija?", fragten manche. „Sie kommt nicht mehr." Kein Reden. Die Sache geht weiter. Langsamer zwar, aber doch Routine. Oder auch nicht ... Das Leben musste weitergehen. Auch das ein Gesetz der Straße. Ob du es verstandest? Sicherlich. Denn als ich an jenem Abend aufbrach, warst du es, der mich begleitete. (Nicht irgendein anderer Junge, den du sonst immer dazu abkommandiertest, damit seine stumme und doch unmissverständliche Präsenz uns schützte. Das Wissen der Freier, vieles tun zu dürfen, wenn sie zahlten. Doch nicht alles.) Du also ... Aus den Augenwinkeln sah ich dich, an der Hauswand rechter Seite, als ich die Augen schloss, sich alles in mir anspannte, ein Moment, kalt – keine Gefühle zeigen, nur auslösen ... ein Job, wie Julija es mich gelehrt hatte. Damals, an jenem Frühlingstag, an dem sie mir unterwegs noch schnell alles Wichtige erklärte. Theorie und Praxis. „Aber in der Realität musst du deinen eigenen Weg finden." Diesen Weg. Seltsam, dass alle so gleich sind. Du musst nur die Feinheiten lernen. Die Abzweigungen etwa, links, rechts, Kurven und Kreuzungen, die uns in verschiedene Richtungen weisen. Der Weg an sich jedoch ist vorgegeben. Überall, immer – seit Menschen denken, sich begegnen. Und doch hier so meilenweit anders. Weil ich nicht diese drei Worte zuvor sagte, sagen hätte können oder zumindest mir vorstellen konnte, sie einmal sagen zu wollen? Und nur ein leeres Gefäß war, das sie gebrauchten. Mehr nicht. Seltsam. Ob du es mit mir genauso empfandest? Weil ich ich bin und nicht sie, von der du immer und immer noch träumtest. Träumen wolltest. Auch wenn du es gegenüber niemandem hättest zugeben wollen. Dürfen. Denn Männer dürfen nicht weinen. Jungen noch weniger. Besonders wenn eine ganze Meute anderer Jungs hinter ihnen steht, die nur darauf warten, dass die Starken Schwäche zeigen. Ein Augenblick. Jungen sind grausam. Mädchen desgleichen. Nur auf andere Weise.

Julija-Marina. Zwei Mädchen an deiner, an eurer Seite. Kopli hat genug Platz für uns alle. Tallinn. Weißt du, wie Julija mich auf der Straße aufgabelte; damals, als ich bereits Tage allein durch Tallinns Straßen geirrt war, ohne zu wissen, wie es weitergehen könnte? Regen, Wind und Sonne. Die Einsamkeit, die ich unter vielen spürte, nicht wahrhaben wollte, floh, der ich nicht entfliehen konnte. Menschenmassen, denen ich auszuweichen versuchte. Verwinkelte Gässchen, links, rechts, wieder links ... bis ich mich heillos verlaufen hatte. Irgendwo – Tallinn ist so unendlich groß für ein Mädchen aus einer kleinen Provinzstadt weit hinten im Lande. Kannst du dir vorstellen, welche Angst mich bei Einbruch der Dunkelheit übermannte? (Nicht nur da!) Alleine – ein Ding von nicht einmal sechzehn Jahren. Schon nach den ersten Stunden war jene ursprüngliche Verzweiflung, die mich von zuhause vertrieben hatte, einer noch größeren gewichen. Einer Panik, die mich ziellos durch Tallinns Straßen hetzte und schließlich in eine Art Gleichgültigkeit mündete, die mich auf einer Parkbank fesselte und nur dann weiter trieb, wenn es unbedingt sein musste. Alles schien stehen geblieben zu sein. Ausweglos. Ich weiß nicht, was geworden wäre. Tag, Abend, Nacht. Meine zweite alleine dort draußen. Dritte? Die Straßenlaternen verbreiteten ein fahles Dämmerlicht – zu viel, um ganz im Dunkeln zu versinken, zu wenig jedoch, um all die Schatten zu übersehen, die ihr Schein erst aufwirft. Weitergehen, obgleich die Beine mich kaum mehr trugen. Ein schmaler Schatten, der mir beharrlich folgte. Konturlos schwarz-gefüllte Linien, die eine Gestalt umgaben, die sich bald von den Häuserwänden löste, mir Schritt auf Schritt folgte, bald jedoch wieder verschwand, nur um zwei Laternen weiter wieder bei mir zu sein. Ein grausames Spiel. Du kannst dir vorstellen, welche Angst ich ausstand in dieser halben Stunde. Und dann: „Was tust du hier?" Mein panisches Schweigen. „Nichts." Ihre Hand hinderte mich daran, in die Dunkelheit zu verschwinden. „Ich bin Julija. Und du?" „Marina." Immer neue Worte sodann, die mühsam erstes Vertrauen uns schufen ... Julija ... Weißt du, was in diesen drei Tagen geschah, bis sie mich zu euch brachte? „Das ist Marina. Wir gehören jetzt zusammen." Manche nickten, auch du, die meisten waren gar nicht bei der Sache. Und dann? Träumen. Merktest du denn nicht, dass ich von diesem ersten flüchtigen Augenblick an immer von dir träumte? Unbewusst deine Nähe suchte, nach einem Blick, einem Wort, einer Geste gierte, die ich sogleich zu oder wider meinen Gunsten zu interpretieren versuchte. Träumte, mit dir zusammen zu sein – nicht mit all den anderen Jungen unserer Clique, mit denen ich halt zusammen war, weil ich nicht mit dir zusammen sein konnte. Dir. Weil du Julija gehörtest. Und ich jeden Kampf mit ihr um dich schon im ersten Augenblick verloren hätte. Mein vergeblicher Traum. Ersatzträume sodann, die ich mir tapfer vorstellte, schuf. (Grigorij, Sascha, Tõnu oder wie sie alle hießen.) Die jedoch letztlich immer nur Ersatzträume blieben, farblos, stumpf, ohne Wurzeln in meinem kleinen, doch so nach Nähe bettelnden Herz schlagen zu können und mich schließlich farblos und stumpf geworden in Julijas andere, mir bis dahin mehr als nur befremdliche Welt führten. Ihre Welt, unsere schon bald, die du nicht kanntest, nicht kennen konntest, dir nicht einmal denken wolltest. Weil sie ein Schrei ist, der euch kränkt und ausschließt: „Wir brauchen euch nicht. Unsere Welt ist die reine: ohne Gewalt, ohne fremde Wünsche, die ihr auszuleben sucht, kauft, nehmt, weil ihr meint, eure Wünsche seien auch meine." Träume. Gemeinsame, fremde Träume. Merktest du denn nicht, dass wir monatelang von dem gleichen Mädchen träumten? Du, Bogdan. Ich, Marina. Auch nach jenem verhängnisvollen Sommertag, als Julija uns nur noch in Gedanken und Träumen trennen konnte und trennte. Lebensmelodie-Daseins-Träume. Oder träumen Männer nicht von einer solchen Sache? Nicht von morgen. Wie es sein könnte, du und ich, wie es ist, diese magischen Worte gesagt zu bekommen; nicht irgendwie, weil ich sie von dir einforderte, damals, erinnerst du dich, als wir gemeinsam auf den Domberg schlenderten, du und ich – jeder hätte uns für ein Liebespaar halten können –, und ich einen Augenblick glaubte, dass ich für dich mehr als nur Julija-Ersatz wäre, ich ... glaubte, endlich aus ihrem Schatten herausgetreten zu sein ... mir sicher war, eine Sekunde: Sind armastan heißt ich liebe dich, sind armastan, sind armastan, sind armastan ... „Warum sagst du es mir nie? Oder bin ich für dich nur irgendeine?" Wortlos gingst du neben mir weiter. Ich spürte, wie sich deine Hand in meiner anspannte. Du ... ich ... plötzlich schien mir ein Frosthauch zwischen uns beiden. „Was willst du von mir – wir zwei sind zusammen. Was muss ich es dir denn auch noch in Worten sagen?!" „Weil es schön ist, es gesagt zu bekommen. Wunderbar! Verstehst du denn nicht, was ich meine?" „Nein." Wie könnte ich es dir denn erklären? Erklären, dass ich Gewissheit brauche, ein Netz aus unsichtbaren Schnüren, die mich halten, mich mit dir auf immer verbinden. Nicht nur jetzt, wenn ich deine Hand halte, die Dicke Margarete vor Augen, Pflastersteine unter uns, über die ich in Highheals stolpere. Auch wenn du Recht hattest, als du im Fortgehen meintest: „Du spinnst." „Nein, ich möchte nicht irgendeine sein, bin ich an deiner Seite!" Irgendwer. Die Leute sollten sich nach mir umdrehen ... nicht so, wie sie es immer taten. Sollten sehen, dass wir zusammen gehörten. Du legtest deinen Arm um meine Schulter, ein fester Griff, der mich an deine Seite presste. Wärme sieht anders aus; Nähe, wirkliche Nähe. Nicht nur in räumlicher Weise. Aber vielleicht verlangte ich ja auch einfach nur zu viel von dir, und du verstandest nicht, was ich meine. Oder doch ... und es war etwas anderes, das du bei mir suchtest: Erinnerung, Nähe, Ersatz. Das Gleiche, was all die Männer am Bahnhof von mir wollten. Das? Nur das? Mehr nicht? Du schwiegst. Und ich? „Sind armastan." Wie fern du mir in all den Monaten seit Julijas Tod warst – nicht nur in jener eigentlich glücklichen Stunde. Immer, wenn du danach wortlos aufstandest und fortgingst, als wäre ich wirklich so eine. Weg von mir. Wohin? Zu Julija, die ich dich noch Wochen danach rufen hörte: „Julija ... Julija." „Ich bin Marina ..." „Julija." Und ich verstand: Du bist niemals bei mir gewesen. Ich nur Ersatz. Wie sehr ich manchmal auch Julija dafür hasste. Julija ... dich. Mich auch. Weil ich dich brauchte. Nicht so wie du mich, der du mich nur gebrauchtest, schlugst, deine Spiele mit mir spieltest: Abend um Abend, wenn ich vom Bahnhof kam (wohin du mich schicktest!), dir das Geld gab, das ich verdient hatte, du es in die Tasche stecktest; das, was ich für den Job brauchte, hatte ich schon abgezogen. Manchmal auch mehr; du wusstest es, schwiegst jedoch auch dazu. Später. Zuerst ... dann ...

Die vierte Nacht also. Ich hatte gewusst, du würdest es nicht lange aushalten. Und war doch innerlich empört, dass du es nur so kurze Zeit konntest. Dass nach vier Tagen alles vergessen schien, vier Tage, das ist nicht einmal eine Woche ... und du das von mir wolltest. Wie du mich ansahst, als wir schweigend vom Bahnhof zurück gingen. Wusstest du, was ich in diesem Moment fühlte? Julija und ich hatten auf dem Heimweg von dort immer herumgealbert wie junge Mädchen, nur um auszuschalten, was soeben gewesen. Ein Spiel mit dem Nichts. Als wäre es nichts und nicht alles. Vielleicht wären wir ohne dies wirklich verloren gewesen. Dort. Vielleicht brauchten wir törichte Worte, um all die grellen Bilder in uns zu tilgen. Diese Bilder. Auch das hast du nicht verstanden. Oder könntest du verstehen, was es bedeutet nur eine lebendige Puppe zu sein, mit Rundungen zum Begaffen und Anfassen ... und Pforten, die zu durchschreiten nicht nur ihre kleinen Schau-mal-wie-groß-er-ist begehrten. Könntest du das? Aber halt, ich will nicht ins Triviale abschweifen. (Auch wenn du es wahrscheinlich allzu gern weiter hören wolltest!) Zurück also. Betont lässig gingst du an meiner Seite: mein Beschützer – schau' mit mir kann dir nichts passieren. Dein Verlangen jedoch, das dich fest an die Hand nahm – ich konnte es in deinem ganzen Verhalten mir gegenüber lesen: Zeile auf Zeile ... Ich wusste, dass du es kaum erwarten konntest, und ich dich nur mit Mühe davon abbringen konnte, es sofort zu verlangen. Schweigen. Und dann: Du warst gar nicht bei der Sache. Nicht bei mir, die ich doch seit dieser Stunde bei dir war. Liebemachen für Eroberer nur. Was war ich damals für dich? Nur ein Spielzeug, um das zu erreichen, was du wolltest? Nicht wolltest? Wohin du getrieben wurdest? Ich, Marina. Oder war es noch schlimmer, und ich war nur eine Ersatzjulija, die es dir machte? Damals ... unruhig wanderte deine Hand über meine Ebenen, Täler und Berge. „Was ist?" „Nichts." Minuten, die uns doch keine Nähe brachten. Dann nahmst du mich, wie dein kleiner Freund dir diktierte. Ich schwieg. Mein Körper wusste, wie er richtig reagierte. Mehr nicht. Ein Augenblick, der dir gehörte. Mir nicht. Uns trennte. „Es war schön", sagtest du, als wir uns voneinander lösten, ich aufstand, zum Wasserkübel in der Ecke ging, alles deinige von mir abwusch und schließlich unter meine Decke schlüpfte und tränenlos weinte. Träume. Wirklichkeit. Auch mir schienen sich die Grenzen zu verlieren. ... Und das Meer war so weit, als ich früh am Morgen hinaus schwamm, so weit, dass ich gerade noch wusste, ich würde es zurück schaffen, weit, salzig – wie meine Tränen, die ich mit seinem Wasser von mir spülte. Vergessen. Auslöschen. „Ich möchte im Sonnenaufgang sterben. Wenn sich das Nichts der Finsternis mit dem ungetrübten Licht des Morgens vermählt, alles neu wird, rein, wie nichts mehr in meinem Leben." Sonnenstrahlen. Meereskühle umspülte meine Glieder, die sich in gleichmäßigen Bewegungen scheinbar schwerelos zwischen Himmel und Erde bewegten: Stoß um Armschlag. Wellen, die meine Arme erschufen: gleichmäßig beständige Kreise ziehend, irgendwohin ins Nichts. In Unendlichkeit. Im Morgenrot sterben. Bilder, Gefühle, Sehnsucht ... die doch nur heimatlos blieben ...

„Du bist viel zu romantisch für so etwas hier, Mara", hatte Julija mir eines Tages an den Kopf geworfen. „Wie meinst du das?" „Du träumst zu viel." „Wovon?" Sie lachte: „Von Liebe und Nähe natürlich." „Quatsch, bei der Auswahl an Typen, die wir haben, muss ich nicht träumen!" „Das ist nicht, was ich meine ..." „Ach du, Gefühlsduselei ist das Letzte, was wir jetzt brauchen!" Vehement kämpfte ich für meine Meinung. Und doch hatte Julija recht. (Auch wenn ich es ihr gegenüber natürlich niemals eingeräumt hätte!) Liebe und Nähe. Wirkliche Nähe, die schreit, wenn Distanz zwischen beiden Polen besteht; nicht eine solche, wie ich sie tagtäglich erlebte. Ich kann es nicht sagen. Nur fühlen, wenn ich meine Augen schließe und in jene Tiefe hinabgleite, in die du tiefer und tiefer sinkst, ohne zu fallen: weich, weit – ich weiß, du bist bei mir ... ich bin geborgen. Wie ein Blatt im Wind, mich halten die Zweige. Bilder. Ja, ich trage zu viele von ihnen in mir. (Auch darin hatte Julija recht!) Viel zu viele. Sie versuchen mich zu vergiften. Und doch kann ich sie nicht missen: Sie geben mir Kraft, helfen mir; denn Bilder sind Leben ... Wenn sie Wirklichkeit werden können. Was ist dagegen ferner als eine Hand, die dich nur festhält, um dich zu besitzen; dich hält, vielleicht auch schützt, aber nur zum eigenen Zwecke. Ohne mir Freiheit zu lassen. Jene Freiheit, mich ganz fest an dich zu schmiegen, nicht weil du es jetzt von mir verlangst, nein, weil ich mich dir öffnen möchte. Nur dir. Und ich die Sehnsucht in mir trage, dass du ganz sanft deine Arme um mich schließt, nicht fest wie die Eisenschlinge einer Falle, nur eine linde, leichte Berührung, ich vorsichtig meinen Kopf an deine Brust schmiege, aufblicke und dir mit einem tiefen Atemzug in die Augen sehe. Sekunden, ehe ich mich wieder von dir löse, mich umdrehe und mit schnellen Schritten hinein in das leuchtende Rot des Sonnenuntergangs fliehe: laufen, laufen, fliegen. Bis ich mich nach hundert Metern zu dir umdrehe, dir zurufe: „Und du?" Träume. Auch sie hast du nie verstanden. Du nicht. Julija! Vielleicht gibt es wirklich Dinge, die Männer nicht verstehen. Verstehen können. Oder nur falsch ...

Aber auch dies gab es zwischen uns beiden, Bogdan, ich will es nicht verschweigen: Zigarettenrauch, laute Musik, solange die Batterien reichten, Alkohol und mehr, gesuchte Nähe; wir konnten so stundenlang die Nächte verbringen. Nicht denken, irgendetwas daher sagen, ausprobieren, das wir schon hundertmal gesagt oder noch nicht ausprobiert hatten. Manchmal war auch Sascha oder ein anderer der Jungs dabei gewesen. Das Leben ist groß, lang und viel zu schwer und aussichtslos, um nicht abzutauchen. Sich ausklinken, um sich nicht gefangen zu denken. Punkt ... Oder unterwegs in der Stadt, den Straßen und Plätzen. Dem Park auch, wo wir uns oftmals einfach so auf eine Bank setzten, Krähen, Eichhörnchen und Passanten beobachteten, unsere Vermutungen über sie anstellten, ihr Aussehen, Verhalten kommentierten. Manchmal bin ich dann wirklich aufgestanden, zu diesem Mann im Anzug hingegangen – wir konnten uns nicht einigen, ob er ein Banker war oder nur ein Rechtsanwalt –, habe ihn angesprochen, irgendeine Geschichte von wegen armes Waisenkind auf der Straße und so erzählt. („Sie können sich gar nicht vorstellen, wie peinlich es mir ist, sie anzusprechen ..." – zuweilen hat der Typ mir dann wirklich etwas gegeben.) Wie sehr wir dann lachten. Oder auf den Touristenmassenrouten (dem Domberg etwa), wo wir einfach mitten in einer der Gassen stehen blieben, uns so gegen die Menschenmassen stellten und ganze Schimpfkanonaden in verschiedensten Sprachen auf uns niederprasseln ließen. Oder wenn wir uns in Läden und Geschäften mit nur uns vertrauten Gesten stumme Zeichen geben. Unsere Sprache. Geheimsprache. Sobald ich mit einer raschen Bewegung meinen Pferdeschwanz über die rechte Schulter warf, wusstest du: Vorsicht Gefahr! Unauffällig gingst du weiter. War er jedoch wenig später wieder gerade auf meinem Rücken, machtest du deine Sache. Eroberungszüge; ein Spiel. (Auch das hatte mir Julija beigebracht.) Unser Spiel, das ich von Mal zu Mal perfektionierte. (Nicht ein einziges Mal, dass sie uns schnappten!) Marina und Bogdan – ein perfektes Team. Leider nur in dieser einen Sache. Wie oft habe ich mir vorgestellt, es könnte auch in unserem anderen Leben so sein ... Hatte mir vorgestellt ... und immer neue Versuche ersonnen, diese meine Gedanken auch deine werden zu lassen: „Du solltest endlich anfangen, zu vergessen, Bogdan." „Was?" „Julija." „Wie könnte ich nur!" Fast böse bist du mir plötzlich geworden. Schwarze Schatten, die ständig uns folgten. Ich weinte. Wie sollten wir jemals zueinander finden, wenn du den Schlüssel meines Herzens, drückte ich ihn dir auch beständig in die Hand, nicht gebrauchen wolltest. Stumme Schreie in mir. Und hilflose Signale hin auf deine Seite. Nichtwahrhabenaufgebenwollen. Hoffen. (Oder war es nur der Dickkopf einer viel zu jungen Frau, die sich einredete, dich irgendwann ganz sicher zu erobern?): „Du musst Geduld mit ihm haben!" Geduld. Wie oft ich mir diese sechs Worte sagte ... Aber wie lange kann ein wundes Herz warten? Tage? Wochen? Monate? Und worauf? Auf ein Wunder? Dieses. Aber kann es dies geben? Und wenn – wie kann es bis dahin überleben?

Ich erinnere mich: Eines Abends war ein Mann zu mir auf den Bahnhof gekommen. Er passte nicht zu den anderen. Er nicht zu mir. Um wie viel weniger dann so etwas wie ich zu ihm? Und er war geblieben. Einen Monat lang, vielleicht sogar länger. Tag um Tag. Nicht weil er primär *das* von mir wollte. Weil er einsam war, und ich ihn an jemanden erinnerte, die er vermisste. Ähnlichkeiten, die mich zu ihr werden ließen, lassen sollten. Mich. Ich verstand nicht, was er wollte. Verstand nicht, dass ich für ihn nur eine Rolle spielte. Die Rolle jener einen Person, die aus seinem Leben verschwunden war, aber sein Ich noch zum Leben brauchte. Verstand nicht – empörte mich darob, wie er mich behandelte, ohne zu merken, dass es gar nicht ich war, die das alles machte. Und ich nur eine Hülle für ihn war, ein Körper, der jenem anderen Körper ähnlich war, mit dem er den meinen ausfüllte und dachte. So sehr, dass er mich ein ums andere Mal mit einem beleidigten Kopfschütteln bedachte, wenn ich das Sahnetortenstück, das er mir Tag um Tag mitbrachte, ablehnte: „Aber was ist denn? Du hast doch Sahnekirschtorte immer so gerne gemocht!" Ich schüttelte den Kopf und weigerte mich, das zu tun, was er von mir verlangte: Aufzuhören, ich zu sein, und brav jene mir zugedachte Rolle zu spielen. Tag um Tag, an denen er Julija stehen ließ, diese Julija, nach der alle Männer verlangten, und sogleich auf mich zusteuerte. Mich in die Stadt mitnahm, sogar zu sich nach Hause, Nachmittage lang, mich durch sein Leben führte; ein fremdes, ihm verlorenes Leben zugleich, das er sich in mein Leben dachte. „Psychopath!" Julijas Urteil passte. Für uns. Ich ging nur mit, weil er gut zahlte. Spinner. Und erst du lehrtest mich, Bogdan, was er durchlebte. Du, der du mich nicht ich sein ließest, zu Julija machtest, du ... nein, das wäre nur halb so schlimm gewesen wie das, was ich erlebte: deine Gleichgültigkeit allem gegenüber, das ich für mich, für uns erträumte. Für dich empfand: Zuneigung, Liebe, Verlangen, Hass im Wechsel und einem. Und wenn ich dich nicht nur im Spaß biss, nein, weil ich dir weh tun wollte, lachtest du nur: kalt, egoistisch, ohne Rücksicht auf meine Gefühle. Das Regelwerk der Straße im Reinen: du gibst, ich gebe. Meine Nähe, Verfügbarkeit, gegen deinen Schutz und kleine Privilegien. Das wäre okay gewesen. Wenn ich nicht gewusst hätte, dass ich auch darin nur Ersatz war. Weißt du, wie weh es tut, nur Ersatz für irgendjemand anderen zu sein? Nicht du selbst, nicht ich, Marina, sein zu dürfen, sondern Julija2 sein zu müssen, weil Julija1 nicht mehr da war! Ersatz. Ob es auch nur Ersatz war, wenn du mich alkoholvoll brutal vergewaltigtest, mitten im Schlaf, mich wachrütteln, gebrauchen und gebraucht von sich stoßen; oder Dinge von mir verlangtest, die du wohl nicht einmal von einer echten Hure zu verlangen wagtest. Warum? War ich dann auch Julija? Oder tatest du das nur, weil dir klar war, dass ich eben nicht Julija war, und du mich für diesen (meinen!) Fehler bestrafen wolltest. Kalt, brutal – die Macht des Stärkeren. Mann gegen Frau, stark gegen schwach – gleichsam ein Abbild archaischer Zeiten ... Umbrüche. Vorhersehbar. Unvorhersehbar ... Wie oft habe ich dann vor deinen Augen beabsichtigt unabsichtlich all die Flaschen mit diesem flüssigen Teufelszeug umgekippt. Sie dir aus den Händen gerissen und an die Wände geschmissen. Oder eure Nadeln versteckt. Euren Stoff. Wenn ich mich denn traute. Und hatte dabei gewusst, es war sinnlos, es zu versuchen. Du standest auf, dir neue zu holen. (Oder wenn du dies schon nicht mehr konntest, befahlst du einem der Kleinen, dir welche zu bringen.) Und ich wusste: aushalten, alles was jetzt, was gleich käme, ertragen. Alles Erlebte von deinem wirklichen Ich zu trennen. (Aber welches war das Richtige, welches das Falsche?) Und still jene Zauberformel in mich hinein zuflüstern, mit der ich dich zu erlösen können glaubte. Mich: „Sind armastan heißt: ich liebe dich. Sind armastan, sind armastan, sind armastan." Am Anfang war der feste Glaube, es müsse so sein, es müsse so werden. Dann kam die Hoffnung. Und dann? Ein Eispanzer um mich, der mich sogar vor deiner Eiseskälte schützen könnte. Bis es endlich Frühling würde. Unser Frühling, wenn ... nicht mehr Winter sein würde: Dieser Winter, während dessen Eishauch alle Wirklichkeit in eine selbst gezimmerte Irrationalität zusammenfiel, du dich in einer gauklerischen Scheinwelt bewegtest, Bogdan, die keine Schranken mehr kannte, und hemmungslos dein Leben lebtest, ohne selbst überhaupt wahrzunehmen, was du da tatest. Du, scheinbar ein Tier in solchen Momenten, alles Menschlichen enthoben. Wir alle mussten dir weichen. Ausweichen. Oder uns in Sicherheit bringen: die Jungen, die viel zu oft selbst mitmachten. Julija und ich am meisten. Wie oft sind wir Hals über Kopf geflohen, wenn es losging, irgendwohin, auch wenn wir wussten, dass es nur eine Zwischenlösung war ... oder anders ausgedrückt: ein Verschieben der uns drohenden Gefahren. Und doch: das Meer, ich liebte es, wenn wir an solchen Tagen weiter und weiter die Küste entlang wanderten – Hand in Hand. Weg von Tallinn, Kopli, unserem verpfuschten Leben. Irgendwohin. Egal wohin. Der Weg ist das Ziel. Oder das Ziel der Weg. Frei – ohne Zwang. Wie zwei lebenslustige Wildgänse, die aus ihrer Schar ausgebrochen waren, um ein einziges Mal eigene Wege zu suchen. Ein Moment. Der Schrei der Freiheit. Laufen, laufen, laufen – ohne auch nur einmal anzuhalten, ohne zu essen, Stunden, Tag, Nacht, in der wir uns nicht einmal eine Handvoll Stunden zum Schlafen gönnten. Zusammen waren. Miteinander durch die Dunkelheit flogen. Irgendwohin, zwei wilde Vögel, die nur einander waren. Nähe – uns stritten. Weiter. Unsere Form trunkenen Rausches. Ewigkeiten-Uhrzeigerrunden. Julija und ich. Ausbrechen. Flucht. Nur um nach Tagen wieder zurückzukehren. Weil Julija nicht ohne dich sein konnte (so wie später ich), vor Sorgen verging, nichts anderes mehr denken wollte, auch wenn du sie nach unserer Rückkehr schlugst und missbrauchtest; so schwer und hart, dass ich mir die Ohren zu hielt, um ihre Schreie nicht hören zu müssen. Und sie danach nur stumm unter meine Decke kroch, sich an mich schmiegte und weinte. Manchmal war sie sogar dafür zu geschunden gewesen. Und doch – Julija war es, die dich gegen meine Vorwürfe in Schutz nahm, alles auf sich nehmend, so als wäre wirklich sie der Grund für alles gewesen. Dich verteidigte. Auch über ihre Leiche. Ich schüttelte den Kopf, verstand nicht, wie sie sich von dir nur so demütigen lassen konnte ... nur um bei dir zu sein und bleiben zu können. „Warum?" „Du verstehst nicht. Er ist ganz anders, ganz anders ... nur dann ... und es ist ja auch gar nicht er, sondern ..." „Du spinnst." Eine rosarote Brille. Sinnlose Versuche. Julija und du – Tags darauf ward ihr wieder ein Herz und eine Seele gewesen. Und nur meine scharfen Augen bemerkten, dass Julija noch ein paar Millimeter Distanz wahrte. Aber auch das ging in Stunden vorüber. Ich staunte: euer Geheimnis, das ich erst dann begriff, als ich an Julijas Stelle trat und sie doch nicht ersetzen konnte. Julijas Schatten. Nie gestellte Fragen: Sind wir jemals ein Paar gewesen, Bogdan? Ein ruhender Pol in all den Stürmen, die uns wehten, verwehten? Oder nur ein Paar Sternschnuppen, die zufällig gemeinsam flogen? Ich weiß es nicht … nur das: Am Anfang war unser Schmerz abgrundtief gewesen; so tief, dass er sich bündig wie Kitt zwischen uns legte. Nichtvergessenkönnen. Wie konnte es auch anders sein, wenn Julijas Stimme, ihr dunkles Lachen noch in uns lebte? Eine imaginäre (und von uns trotzdem als real empfundene!) Hand sich auf deine Schulter legte, dich umfasste, an sich zog … du immer noch in Gedanken mit ihr Ratschlag hieltest … wenn … Mir ging es ja nicht anders als dir, Bogdan, wenn ich ständig an Julija dachte. Eine Woche, zwei, in denen wir uns nicht nur körperlich aneinander klammerten, Ertrinkenden gleich, die glauben, nur noch gemeinsam überleben zu können. (Und dabei gar nicht bemerken, dass sie auf diese Weise nur gemeinsam untergehen!). Nähe, Berührungen, die eigentlich gar nicht uns galten, nur Momente langes Vergessenkönnen schaffen sollten (und dennoch oftmals nicht einmal das vermochten!) Stunden, Tage, in denen ich Julija dir war; du mir; nicht war; unsere, ihre Nähe uns über den Schmerz hinauszuheben versuchte, der uns beide in das Abgrundtief des Nichtmehrweiterwollens zu zerren drohte. Die Welt schien still zu stehen, wenn wir sie nicht schoben und drehten. Bogdan-Julijadufehlstmir-Marina. Verzweifelte Liebe. Doch dann, irgendwann war ich dieser Nebel-nur-scheinwelt entflogen. (Wann genau es war, ich kann's dir nicht sagen: an dem Morgen vielleicht, als ich, wie all die Morgen zuvor, den Tagesanbruch an Julijas Grab erleben wollte, bei ihr sein, nicht getrennt von ihr, mit ihr reden, erzählen … und ich doch plötzlich auf halbem Weg zu ihr umdrehte, zum Meer lief – gleichsam als würde Julija mich verlachen und zu mir sagen: „Der Morgen ist viel zu schön, als ihn in der dunklen Hinterhofecke zu verbringen!" – , ich mich auf einen Felsen setzte und Sonne, Winde und Möwen an mir vorüberziehen ließ. Einen Vormittag lang. Die Möwen, sie schrien. Ich flog mit ihnen. Ohne an Julija zu denken (das könnte ich ja später auch noch! Sicher mache ich es! Aber jetzt ... will ich leben!), ich einen kleinen runden Stein in meinen Händen wog, so klein, so rund, dass er in der galaxien-großen Welt um mich nur ein Nichts zu sein schien, ich ihn nicht in die Wasser unter mir warf, ihn drehte, ihn drehte ... und plötzlich wusste: „Ich werde auch ohne dich mit dir leben, Julija. Ich: Marina. Und Bogdan mit mir. Wenn auch er sich von dir lösen könnte. Hilf mir dabei! Du musst mich verstehen. Uns. Vielleicht wirst du dort, wo du jetzt bist, sogar glücklich sein, uns glücklich zu sehen. Ich werde dir ja Bogdan nur auf dieser Welt nehmen! Versprochen!" Nebelscheinwelt. Und dann auf einmal ganz plötzlich: Sonnenstrahlen, die mich wärmten! Immer weiter ins Licht lotsten, meine Julija-nur-denken-Nebel lichteten, meinen Träumen Raum ließen ... Aufbrechen ... die Möwen schrien ... „Lass uns fliegen, Bogdan, fliegen, fliegen ... Wir. Ich und du – duich. Ich helfe dir, all den Nebeln zu entfliehen. Ich. Weil ich bei dir bin. Ich, Marina. Lass uns leben!" Träume, die Wirklichkeit werden könnten! Wenn wir es nur wollten! Nähe, plötzlich wirkliche Nähe, die ich dir schenken wollte. Mir. Merktest du denn nicht, dass ich plötzlich mehr als nur ein Schatten sein wollte. Dass ich mich ein zweites Mal in dich verloren hatte. Ich – mich – in – dich. Tag, Nacht, die ich dich dachte, denken musste, obgleich mein Verstand mir schon bald leise sagte, dass es besser wäre, es nicht mehr zu tuen. Regen, Wind und Sonne. Du. Ich hatte gemeint, dass ich dir doch auch etwas bedeute. Dass ich Julija folgen könnte. Aus ihrem Schatten heraustreten, in dem ich so lange gekauert hatte. Eine ursprünglich vielleicht nur kühle Berechnung, die stärker war als all der Schmerz jener Tage, als du mich das erste Mal wolltest, ja, ich gebe es zu; damals, an jenen Abend, an dem du nur mit eckigen Schritten neben mir nach Hause gehen konntest – so stark war dein Verlangen: Besser ich gehöre dir als allen. Jetzt, da ich ohne Julija die einzige war unter lauter Jungen. Was blieb mir denn anderes übrig, als diese Chance zu nutzen. Die Kalkulation. Stolz auch. (Welche Frau wünscht sich nicht, in den Armen des Besten zu liegen?) Ich wusste, wie du es wolltest. Wusste, wie Julija es machte. Kannte ich doch ihre Berührungen, die Reaktionen ihres Körpers genauso gut wie du, wenn nicht noch besser; und wusste, wie ich sie perfekt imitieren konnte. Alles. Ja, ich konnte sie dir ersetzen. In dieser Nacht, der nächsten. Begegnungen, die uns beide täuschen sollten. Mein stummer Schrei in Bewegungen, Gegenbewegungen: „Schau doch: Ich bin Julija. Julija, Julija." Nur in meinen Armen schien dir Vergessen zu keimen. Uns. Eine Welt, in die auch ich mich verstrickte. Und doch: Alles wäre wie am Schnürchen gelaufen. Wenn, ja wenn ich mich nicht selbst verloren hätte. An dich. An Julija, die meinem sich häutenden Ich auch später noch fehlte: als Freundin, Ansprechpartnerin in allen Lebenslagen; als mein Spiegelbild, in dem ich mich selbst betrachtete und erkannte. Als Geliebte. (Auch wenn du dies nicht verstehen könntest.) Julija und ich. Erinnerst du dich, wie sich ihre Hände anfühlten, wenn sich sanft (oder zuweilen auch heftig und fordernd) von dir Besitz ergriffen, dich in ihre Welt fortrissen, Antwort forderten, dich nicht zur Ruhe kommen ließen … oder einfach nur für dich da sein wollten? Wenn ihre Zunge deinen Körper in einem Netz unsichtbarer Linien nachzeichnete, die sich in deinem Zentrum in Lust auflösten, wenn … Julijas Welt. Am Anfang ließ ich es nur zu, weil sie es wollte, stumm mich mit Blicken bat, vielleicht aber auch schon, weil ich doch auch ein wenig neugierig war, was folgen würde. Ob es anders wäre, als ich es von all den Jungen, all den Männern kannte. Anders. Und wenn: Wie anders? … Wie soll ich es sagen? Dir. Mir. „Männer denken in Punkten", hatte Julija uns einmal launig anvertraut (sicher erinnerst du dich an jenen ernst-lustig-ermatteten Sonntagfrühmorgen, der sich nahtlos an eine Samstagspätnacht angereiht hatte, Bogdan) „abstrakten Punkten, die sie erreichen wollen: Erfolg im Job, den Sieg im Spiel, eine schöne Frau, die sie begehren. Im Jetzt – erreichen, speichern. Um dieses Punktes willen, können sie alles bewegen. Aber wenn sie ihn erreicht haben, drehen sie sich um und suchen nach neuen Zielen. Auch wir beide sind nur so ein Punkt in ihrem Leben: gesichtet, erobert, gebraucht und wieder vergessen." Julijas Philosophie: Männer und Frauen. Du nicktest, auch wenn du in deinem Zustand gar nichts mehr verstandest. Allenfalls, dass du Julija noch fragen konntest: „Und ihr?" Ihre Hände begrenzten eine imaginäre Gerade: „Wir erschaffen uns eine Linie aus gestern und morgen, die wir mit dem jetzt verbinden. Ich denke mir, was war, wie es jetzt ist und wie es morgen und anders sein könnte." Du schütteltest den Kopf und lachtest. Ich mit dir. Nur Julija schmollte ob unserer Unwissenheit. Freilich auch dies nur eine gespielte Weile. Bilder – Lebenserinnerungen. Wie gut es mir ist, sie auch jetzt noch in am Leben zu halten. Julija-Marina-Julija-Bogdan-Erinnerungen. Wärme, Gefühle, die ich aus den vielen Begegnungen mit all jenen flüchtigen Männern in meinem einsamen Leben nicht kenne. Ein Sichwiederzuerkennenglauben. Weil Julija und ich Resonanzkörper waren, die gleich reagierten. Oder ähnlich zumindest. Aber ähnlicher als du und ich, Bogdan. Oder konnte ich jemals fühlen, was du fühltest, wenn meine Nähe dich berührte. Was sie auslöste? Nein, nur wahrnehmen, wenn ich dich als beteiligte Außenstehende betrachtete. Wahrnehmen. Um sie in all ihren Einzelheiten erfassen zu können, hätte ich eines Dolmetschers bedurft. Aber du übersetztest mir kein Wort aus deiner Sprache. Weil ich dich niemals fragte. (Du hättest mir ohnehin nicht Antwort gegeben. Geben können?) Und so blieben wir lediglich zwei Sterne, die nur dann zueinander kommen und miteinander ihre Bahnen in Raumesweite drehen, wenn für sie beide ein Nutzen besteht, oder beide es wollen. Ein Gleichgewicht. Aber wehe, wenn es auf einer Seite Liebe ist, auf der anderen nur Freundschaft oder gar noch weniger. Liebe verzeiht alles, ist blind, lässt sich sogar missbrauchen. Weil sie blind ist. Oder blind sein will, um weiter zu leben ... Seltsam – ich brauchte diese mich verblendende Hoffnung. (Ist nicht der Mensch erst in dem Augenblick ein Mensch geworden, in dem zwei Gedanken, zwei Seelen und Leben in ihm keimen?) Auch wenn du sie nicht wahrnahmst und so oft enttäuschtest. Weil Hoffnung ein Kettenglied einer langen Linie vom Gestern ins Heute und Morgen ist, die du nicht wahrnahmst, da du ja nur in Augenblicken dachtest. Sekundenbruchteilen und Zielen, die dir plötzlich in den Kopf schossen, erreicht werden mussten, um erreicht sogleich neuen zu weichen. (Oder unvollendet ins Irgendwohin zu entschwinden.) Und nicht verstandest, dass ich anders dachte und davon träumte, all die Augenblicke um uns zu einem bunten Teppich zu verweben, auf dem wir leben und träumen könnten. Immer und überall: wenn wir zusammen waren, wenn (räumliche) Distanz uns trennte. Wenn ich am Bahnhof stand, wartete, mit ihnen mitging und dabei wusste, dass unsichtbar dein Schatten uns folgte. Ich nicht alleine war, ich dich zu mir dachte. Kannst du verstehen, was mir das alles bedeutete? Du. Auch wenn deine Eifersucht mich einsam machte. Früher war ich ein freier Vogel gewesen. Viel zu frei, wie sogar Julija sagte. Mal hier, mal dort. Für jeden da, der etwas von mir wollte. Die Welt gehörte mir, ich der Welt. Experimentieren – soweit es möglich schien in unseren Welten. Und dann, du, deine grenzenlose Eifersucht, die mich zu deiner Gefangenen machte. Mich einsperrte. Nicht im wörtlichen Sinne, nein, mir die Welt jenseits von dir nehmen sollte. Nahm. Wusste ich doch, dass jeder Versuch, über jene mir von dir gesetzte Grenze hinweg zu treten, in einer Katastrophe enden würde. Dass jeder Mann in meiner Nähe dein potentieller Feind war. Ein Risiko für sich, mich, für un alle. Und sich deshalb schon bald keiner mehr traute, mir näher zu kommen. Die Freier ausgenommen. (Das war ja eine andere Sache.) Doch auch hier schnürten mich deine Fesseln: „Was empfindest du dabei? Lust? Vergnügen?" „Nichts." „Aber du musst doch etwas dabei empfinden!" „Ekel!" Einen klitzekleinen Moment lang schwiegst du. Ich merkte, dass du mir nicht glaubtest: „Ich habe doch gesehen, wie du ihn angeschaut hast. Dass es dir Freude machte …" „Und wenn … das ist meine Sache." Ekel, Machtlosigkeit, Hass. Merktest du denn nicht, wie du mich mit deinen Reden quältest? Dass ich mich schämte: vor dir, mir, dafür dass ich das machte, machen musste. Auch weil du es so wolltest! Dass ich danach nicht nur ein Mal spät Abends an den Strand ging, ins Meer hinaus watete, das Wasser bis an die Hüften, um mich mit schierer Hysterie wieder und wieder von all dem Schmutz der vergangenen Stunden rein zu waschen. (Es half nichts. Nein, mir schien, als habe sich all dieser Schmutz schon viel zu tief in mich hinein gefressen.) Dass ich am liebsten einfach weggelaufen wäre – weg, weg, weg … zu dir (seltsam, warum gerade zu dir?) ... und mir vorstellte, mich an deine Schulter zu lehnen und zu weinen und weinen. Natürlich tat ich es nicht. Wusste ich doch, dass du flennende Mädchen hasstest. Weil du nicht wusstest, wie du dich ihnen gegenüber verhalten solltest: Wegschauen? Ignorieren? (Geht das, wenn ein Mädchen weint?) Trösten? (Aber wie stillt man Tränen? Mit sanften Worten etwa? Berührungen?) Schweigen und weinen lassen? (Bis ein bestimmter Punkt erreicht ist? Aber welcher? Wozu?) Zuneigung zeigen? Aber konntest du das überhaupt? Konnten wir es? Muss man das erst mühsam erlernen? Und wenn ja, wo? Also doch besser: flennende Mädchen hassen! Zumal ja solche Ausraster ohnehin nicht in deinen Regieplan passten. Schön, gepflegt, gut anzuschauen. Ein Blickfang und Leuchtturm an deiner Seite, der nur dir leuchtete und gehörte. Und wenn ich einmal nur mit Sascha zusammen sein wollte, einfach so am Meer entlang gehen, ein gutes Gespräch zu führen oder gemeinsam zu schweigen (was ich beides mit dir nicht konnte!), wusste ich, was mir dann drohte. Mir – nicht Sascha. Ward ihr doch gleich stark und ich nur gefangen. Alleine. Ohne Julija, die mir jetzt doppelt, ja dreifach fehlte. Eine Mauer deiner Worte um mich, die mich unerreichbar machte. Unangreifbar. Einsam. Meine Welt. Ausweglos. Ohne Möglichkeit, ihr noch zu entrinnen. War es da nicht logisch, dass sich meine Welt immer mehr einengte? Auf dich! Und ich nicht mehr aufhören konnte, dich zu denken, dich zu lieben, dich zu hassen.

Träume sind blinde Gesellen, die im Dunkeln tappen, ohne einen Weg zu finden. Finden zu wollen. Wären sie doch dann schon nicht mehr am Leben. Gestorbene Träume sind kalt. Verhärtet wie Eis.

Oder brüchig wie seine glitzernden Blumen. Aber im Herzen brennen sie wie glühendes Eisen. Ein Dreieck mit ungleichen Seiten.

TAMARA PTIČKA

Fast gleichmäßig rollt der Verkehr durch die Straße. Immer noch - auch zu so später Stunde. Der Nachtbus wird wohl in Kürze kommen. Hoffentlich. Kann man doch auch darin nichts Sicheres sagen. Kalter Wind weht aus Osten herüber, halb entlaubte Äste, die unruhig im Halblicht einer fernen Laterne schwingen. Böen, die durch die Straßen fegen, immer geradeaus bis zur nächsten Ecke, unterwegs lose Gegenstände verwehen. Flaschen, schlecht befestigte Bauzäune, die jetzt vielleicht auf dem Gehweg liegen. Oder auf der Straße. Zumindest hat der Regen nachgelassen. Ein komischer Regen, wie ich ihn von früher nicht kenne. Überfallartig könnte man meinen. Leiser Hohn scheint zwischen Himmel und Erde zu liegen. Wäre jetzt Tag, würde gleich die Sonne zu scheinen beginnen. Ist was gewesen? Tamarka. Ein wenig fasziniert, beobachte ich schon seit Minuten dieses Mädchen an der Bushaltestelle. Lange, offene Haare, die im Sturmwind spielen (warum so viele Männer auf so etwas anzuspringen scheinen, ist mir ein Rätsel. Mara lachte, als ich sie jüngst darauf ansprach: 'Mit Gummi wäre es viel unbequemer.' Haargummi meint sie natürlich), schwarze Woll-Leggings, eine viel zu dünne Jacke. Halb drei Uhr nachts. Vierzehn mag sie wohl sein. Vielleicht. Die drei Burschen, mit denen sie gerade noch herumblödelte, sind gerade Richtung Zentrum gegangen. Sollte die Kleine jetzt nicht Angst haben zu so später Stunde? Vielleicht ist das aber auch nur ein Klischee à la schwaches Mädchen. Scheinbar gelangweilt trete ich zu ihr hinüber. "Mistwetter! Darf ich mich dazu setzen." "Warum nicht? Ich beiße nicht ..." Fünfzehn vielleicht, denke ich mir jetzt, sechzehn ... oder ... bei diesen Mädchen von der Straße kann man eigentlich nur daneben liegen. Ein verstohlener Blick auf meine Seite. "Du schon wieder." "Mhm ..." Als ob es mich nicht gäbe, richtet sie ihre Haare - drei dicke Stränge, wechselseitig übereinander gelegt, ein dickes braunes Band aus der Tasche, um das Kunstwerk zu Ende zu bringen. "Okay." "Was machst du zu so später Stunde?" Ausweichen. Wird wohl 'gearbeitet' haben. "Der Bus in die Innenstadt geht in einer dreiviertel Stunde, zum Hafen ein bisschen später. Fünf Minuten, glaube ich." Als ob das jetzt noch wichtig wäre. Ich scheine ihr wieder uninteressant zu werden, als sie einen Kamm aus der Tasche zieht, die ungeflochtenen Fransen ihres Zopfes glatt zu ziehen. "Das kann entscheidend sein, oder?" "Was???" "Na, fünf Minuten, halt ..." Ein Spiel mit Worten, wie ich es von früher nur von Julija und Mara kenne. "... oder willst du überrascht werden?" "Von wem?" "Vom Bus halt." Kleine Kreise, die meine Schuhspitzen drehen, um Zeit zu gewinnen. Auf den Mund ist sie nicht gefallen. Mit dem Eyeliner tut sie jetzt ihre Wimpern nachziehen. Ich bin erstaunt, dass sie dafür weder Spiegel noch Handy verwendet. "Und welchen nimmst du?" "Den 45er." "Zum Hafen?" "Ist weniger weit als von der Stadt zu gehen." "Wohin?" "Nach Hause halt, eine Hausnummer brauchst du wohl nicht zu kennen. Grischa, würde eh nicht happy sein, dich dort zu sehen." Kopli ... Grigorij ... Ist jetzt ein Angelpunkt gefunden, die nächsten vierzig Minuten zu überstehen? "Bogdan?" "Zweihundert, wenn du verstehst?" Ich nicke. "Und die anderen?" "Verschwunden." "Wohin?" "Bist du ein Bulle?!" "Nein, möchte es nur wissen ..." "Da gehe ich *lieber." Unvermittelt steht das Mädchen auf; zwei, drei rasche Schritte von mir weg, schon steht sie an der Werbetafel der Haltestelle. "Na denn, gute Nacht!" "Ciao!" Nach kurzer Zeit ist die Kleine im Dämmer der Nacht verschwunden. In einer halben Stunde wird der Bus auch mich zum Hafen bringen. Hoffentlich ...*

EDEN BRENNT

Flackerndes Licht, das im Halbdunkel leuchtet ... gegen Windböen ankämpft - auf, ab - ein beständiges Heben und Senken. Gestern achtete ich noch darauf, die Kerze nicht umzuwerfen ... trotz allem Geschehen. Wachs auf hölzernem Boden, eine leckende Petroleumlampe, Papier ... zaghafte Flammen, die sich neue Wege suchen ... um mich ... Eden brennt ... jenseits mir ... und kein Engel ist da, mir zu helfen. Nicht mehr. Du schweigst. Darum. Oder soll ich es in einer anderen Sprache sagen: 'Rakastan sinua! Кахаю тебе! Ich liebe dich.' Immer noch. Oder gerade deswegen. Aber vielleicht können Männer auch dies nicht verstehen. Dass ich keinem der elf Burschen einen Vorwurf mache desgleichen; sie hatten ein Recht auf die Sache, Punkt. Das Gesetz der Straße. Auch wenn es nur grausam und brutal war, was sie taten. Mir antaten ... an jenem Horrorabendnachtundfrühenvormittagmorgen, als bereits erste Frühlingsblumen blüten und Vögel ihre ersten Strophen anstimmten. Ganz als wäre unter den Menschenkindern nichts geschehen. Doppelpunkt. Und doch: An ihrer Stelle hätte ich genauso gehandelt, hätte mich in ihre Reihe eingereiht und das getan, was getan werden konnte. Ein Spiel - jeder der elf musste sich vor den anderen beweisen, stark sein, stehen – ihr versteht, was ich meine – konnte all seine Wünsche und Irrwünsche ausbreiten, sich erfüllen. Ein Vergnügen für alle? Vielleicht nur bei der ersten, zweiten und dritten Runde. Und dann? Kannst du dann ausscheren? Plötzlich Schwäche zeigen, auch wenn du es möchtest? Einfach so. Den Schwanz einziehen. Schluss und zu Ende. Geht das? Wenn du einer von elf in deinem Rudel bist? Wenn ... Komisch, jetzt noch so etwas zu denken. Vielleicht war alles für mich ab einem gewissen Punkt doch leichter, als jeder Widerstand sinnlos geworden; als sich der achte, neunte, zehnte, elfte (und wieder erste) mit tierischer Lust und Unlust über mich hergemacht hatte und sich alle Grenzen langsam in Grenzenlosigkeit auflösten, dieser süße Geruch, Gestank, Schweiß alles verdeckte, der Schmerz, den sie in mich rissen. Kaltes Wasser, wenn ich wieder in Bewusstlosigkeit abtauchte und weiter. Durch die Ritzen in der Bretterwand konnte ich einzelne Sterne glitzern sehen, helle Punkte in schwarzer Umgebung, erste Sonnenstrahlen auf den Holzbrettern, von Wand zu Wand Stunden später; eine Kerze in der Ecke, die ein dumpfes Grundlicht spendet, Taschenlampen, die im Dumpfdunkel aufblinkten, durch die nicht vorhandene Türe für Sekunden auf uns beiden ruhten, dem Typen, der auf, in und um mir – der Teufel ist ein Voyageur – sein Zauberwasser verströmte. Schon kam der Nächste. Schön der Reihe nach. Wummernde Musik aus dem Transistorradio an der Wand gegenüber. ('She's got nothing on, but ...', Roxette.) Manchmal schlossen sich auch zwei der Burschen zusammen, um beide gleichzeitig von Mara zu haben. Und wehe, wenn es zu lange dauerte, bis die anderen an die Reihe kamen. Schauten sie in der Zwischenzeit Pornos, um rechtzeitig bereit zu sein, wenn sie wieder kommen durften? Sollten? Oder wie macht 'Mann' sich sonst heiß in solchen Momenten. Typisch Frauengedanken. Elf erregte Krieger – gewiss, ich wäre Nummer zwölf gewesen, wenn ich an ihrer Stelle gewesen wäre. Ganz gewiss. Und wehe dieser Marina dann vor mir auf dem Boden; gewiss hätte ich ihr das Leben noch mehr zur Hölle gemacht. Nur weil ich es jetzt dürfte und könnte. (Und mehr wüsste als alle zusammen.) Aber stopp – denken Männer nicht wieder ganz anders in solchen Fällen? Jene Mara war jung, schön, wunderschön (wie sogar die Jungs anerkennend sagten), unnahbar, unerreichbar bis zu jener Sekunde. Was also? Vielleicht wollten sie wirklich nur dieses verbotene Mädchen dort kosten, genießen ... Was weiß ich, was, womit sie denken. Sie hatten das Recht. Darauf. Mehr ist nicht zu sagen. Punkt. Ich hätte sie vernichtet, Marina, ausgelöscht, hätte ... Vodka, Kleber, vielleicht auch mehr – irgendwann fiel es sogar den Stärksten unter ihnen immer schwerer, in mich zu dringen. Elf und eine. Nur Bogdan stand an der Seite, scheinbar teilnahmslos zusehend, was sie machten; wie sie mich fest hielten, damit ich mich nicht gegen das letztlich doch Unvermeidliche zu wehren suchte; wie sich alle Grenzen auflösten, in die ich mich zuweilen selbst zu verlieren drohte; auch wenn mein Ich sich dagegen wehrte! Wehren müsste, hätte müssen, hätte ... (Hat es das wirklich ganz und klitze-genau jede Sekunde dieser Horrornacht lang getan? Ganz ehrlich, Marina. Gab es nicht doch einen winzig kleinen Teil in mir, der ...) Oh Gott, was rede ich da! Was werden jetzt die Leute über mich denken!? Wenn ich von jenen Nachmittagen am Bahnhof zu erzählen beginne, Abenden, die alles andere als schön für uns waren ... Und doch gab es nicht auch Sommerabende, in denen wir uns nach getaner Arbeit (wenn wir das geforderte Geld zusammen hatten!) noch in die Touristenströme einreihten und kleine Straßengören wurden? Nicht weil wir auf diese Weise noch schnell an Geldbörsen herankommen konnten, nein, oder doch nur ein wenig. Weil es einfach auch ein geiles Gefühl war, unsere nur spärlich bedeckten Rundungen an eine Männerbrust zu drängen, zu fühlen, welche Macht wir über sie hatten, weil ... Doch genug, ich will nicht von Banalem reden. Also zurück: Bogdan stand dabei, als sie mich vergewaltigten; alle elf seiner (unserer!) Gruppe, einer nach dem anderen und wieder von vorne in der Reihe; mein Bogdan, eine Zigarette nach der anderen zwischen den Zähnen, vielleicht waren es auch andere Dinge. Der Chef, der nur einen Augenblick Schwäche gezeigt und etwas gutzumachen hatte gegenüber der Clique; etwas sehr großes, das nur mit einer Gegengabe aufgegolten werden konnte: Marina, die Königin! Er hätte es mir sagen müssen. Vorher sagen! Ich hätte ihn angeschrien, geschlagen, wohl genau dorthin, wo es ihm ganz besonders weh täte, und hätte geschluckt; wie ich, wie wir alle es tun mussten. Und alles wäre besser gewesen, oder zumindest millionenmal besser als das, was noch geschehen sollte. Bogdan hat mich verraten, sogar Bogdan. Vielleicht war aber genau dies Teil der Abmachung, die die zwölf über mich trafen. Dreifachpunkt. Und als ich an jenem Abend unwissend von alledem zu den anderen kam ... ich glaube, Sergej ist der erste gewesen oder Aleksandr ganz gleich, meine Gegenwehr ist nur so lange sinnvoll gewesen, bis ich merkte, dass etwas anders war gegenüber den vergangenen Tagen; dass Bogdan mich abgegeben hatte – in seinem Maße. (Seltsam, auch in dieser Zeit grenzenloser Freiheit herrschte noch ein Maß an Regeln. Und wehe, einer der elf hätte gegen die ungeschriebenen Gesetze verstoßen – bis dahin, dass die Untersten nach getaner Lust, den

Wassereimer in die Hand gedrückt bekamen und klaglos zum Meer hinüber eilten, um Wasser für Mara zu holen ...) Und als alles ausgestanden schien, unsere Körper, mein ich, schon lange jene Grenze zwischen hier und nirgendwo überschritten hatten und aus dem Körper sogar der Stärksten nur noch Wasser in jene fast willenlose Puppe dort zu dringen schien, hatte Bogdan sich aus seiner Starre gelöst, hatte seine gefühlt tausendste Zigarette in einem letztmalig aufglimmenden Bogen zur Seite geworfen und mit einer undeutbaren Handbewegung der Rechtlosigkeit Einhalt geboten. Schluss, aus. Seltsam, keiner traute sich auch nur ein Zeichen von Widerspruch zu geben. Und dann? Soll ich weiter erzählen, berichten, wie ...? Nein! Bogdan, mein Bogdan, dein Messer, ein gutes Messer, nein, warum musste er auch dies noch von mir verlangen? Nur um seine Macht wiederherzustellen? („Seht – ich kann es!") Um zu beweisen? Was? Dass er trotzdem das Ruder führte? Und sogar Marina machte, was er verlangte. Mein Bogdan. Für alles, was du tust, musst du einen Preis zahlen. Diesen! Wie groß kann Hass sein, wenn vor ihm sogar die größte Liebe in Staub zerfallen kann ... Ja, ich bin eine Schlange ... Himmel und Hölle ... du hast mir so weh getan, Bogdan, so unendlich weh, doch halt, habe ich überhaupt noch ein Recht, über all das zu reden ... Keiner der elf Jungen, die sich mir in den Weg stellte, als ich langsam durch ihre Reihen schritt, ein blutiges Messer in der Hand: als Zeichen der Tat, der Macht, meiner Stärke. Marina, die Königin, in Strähnen das Haar, eilens zusammengeraffte Kleider, die nur spärlich ihren geschundenen Körper bedeckten. Keiner ahnte, wie es in mir aussah in jener Minute. Hinaus, weg von hier, irgendwohin. Schritte hinein in das Dunkel. Oder war es schon wieder Tag geworden. Ich weiß es nicht. Einerlei. Das Salzwasser brannte, als ich versuchte, all den Schmutz von mir abzuwaschen. Kühle, die Ruhe spendet. Ein wenig. Äußerlich. Keiner, der mir folgte ... wusste doch jeder, dass es besser wäre, wenn sich ein Teppich des Vergessen über das Geschehen legte, wenn ... Eden brennt. Um mich. Möwen, die über mir kreischten, als ich wieder auf trockenes Land zurückkehre. Steinchen, die meine Füße erregen, ein wellengrundeter Stein, auf den ich mich setze, mich langsam wieder in Kleidung hüllte. (Er ist nicht versunken.) Raue Wolle auf blanker Haut, Wunden, die noch immer brennen. Fremder Schmerz. Eigener. Wellen, die eilend dem Ufer zustreben, in sich zusammenbrechen, verschwinden, ehe neue anheben. Wie weiter? Eine Schachtel Streichhölzer in meiner Tasche. (Wie dumm, die Zigaretten habe ich vergessen.) Sie in die Hand nehmen. Einfach so. Rote Köpfchen. Drei, vier, fünf ... Ein Entschluss. Stunden, die ich am Strand entlang irre, zweifle, hin und her, ohne Ziel, ohne Richtung. Orientierungslos. Als würde Bogdan mich verfolgen. Bogdan, mein Freund, mein ... Habe ich überhaupt noch ein Recht, ihn in mir zu tragen, zu denken? Nicht einmal dies kann ich noch sagen. Verflogene Momente. Laut schreien die Möwen über mir zwischen Himmel und Erde. Gellend, kreischend, nur ihnen zu verstehen. Irgendwie lassen sich mir keine Entscheidungen mehr treffen. Jetzt? Verschwimmendes Abendrot dort über dem Meer im Westen. Läänemeri - Ostsee. Wo steht geschrieben, dass Täter wieder zu ihrem Tatort streben? Ich. Ein Päckchen Streichhölzer zwischen den Fingern ... eine schwankende Stiege, elf Stufen, oder sind es zwölf gewesen ... Marina ... Gestern Nacht sind wir hier alle noch in trauter Runde zusammen gewesen. Vorgestern. Vor einer Woche. Leere Flaschen, die von alledem künden, Chipstüten, Fastfood-Schachteln.

Zigarettenstummel. Gebrauchte Kondome. Seltsam, dass manche sie auch gestern benutzten, vorgestern. In normalen Zeiten wäre Mara jetzt mit mehreren Plastiktüten zu den Containern in die Stadt aufgebrochen. Vielleicht hätte sie auch einen der Burschen dafür zwangsverpflichtet. Auch wenn sie nur gemurrt hätten, ob einer ihrer Ansicht nach so unsinnigen Sache. Hätte ... sie sind wohl alle rasch verschwunden. Seit jenem Moment, in dem Mara ... Stunden nur, die mir wie Ewigkeiten wirken. Bogdan, ich ... wohin werden sie ihn wohl gebracht haben? Irgendwohin. Nicht irgendwohin. Ich weiß es. Er wird nicht der Erste sein, den sie dort finden. Ein Unfall. Was hilft es, darüber zu reden? Nichts ist gewesen. Gar nichts. Auch mit Marina ist nichts geschehen. Oder alles. Das Schweigen der Straße. Was ist stärker als Liebe. Hass? Gleichgültigkeit? Vergeben?

Feuerzungen, die auf dem Boden züngeln, um sich greifen, dunkler Rauch, betörender Schleier. Flammen, die mich immer enger einkreisen. Auch ich muss bald fliehen. Weg von hier. Ehe es zu spät ist. Oder auch nicht. Feuernacht. Funken, die scheinbar zufällig durch das Dunkel fliegen, um wieder zu Licht zu werden. Eden brennt. Wo bist du mein Engel? Du schweigst. Oder bist du niemals bei mir gewesen? Rakastan sinua - ich liebe dich ... Am Anfang war die Angst. Vor einem Leben allein auf der Straße. Tallinn ist groß. Riesengroß. Besonders, wenn du nicht von hier bist. Kalter Novembernebel. Irgendeine Bank etwas abseits gelegen auf der Bushaltestelle. Das übliche Publikum zu fortgeschrittener Stunde. Und ein fremdes Ding dazwischen. Blicke von der Bankreihe gegenüber. Männergerede, das ich nur in Bruchstücken verstehe. Was weiter reden? Grischa hat mich mitgenommen. Julija.

Kopli. Nein, Engel sind wir nie gewesen. Do ut des. Wann konnte ich dir ein erstes Mal von Liebe sagen? Nach Julija. Als wir im Abendlicht durch die Innenstadt gingen? Sommer, Sonne, lange Nächte, nein, nicht Hand in Hand, wie ich es mir nicht nur manchmal erträumte (du wolltest es nicht ... warum? ... zu kindisch ... oder doch zu nah eben ...). Damals, als ich dich vor aller Augen im Coffeeshop mit dem haarumfluteten Mädchen umarmte, gleich noch einmal, die Schlange war lang, die mit uns für einen Kaffee mit Namenszug auf dem Becher anstand; ellenlang, so dass ich dich gleich ein weiteres Mal umarmte, als ich merkte, wie du erstarrtest ... dich wegzudrehen versuchtest ... „Komm lass" ... ein Becher Kaffee, in der Hand ('Mara', du fandest es immer zu doof auch deinen Namen auf den Becher schreiben zu lassen, von einem + dazwischen ganz zu schweigen!), halbvoll zum Milchauffüllen, ein Cookie zudem, to-go alles ... und ich dich aus purem Übermut auf die Straße schubste ... ein kurzer Moment der Überraschung ... eine braun-weiße Brühe zu unseren Füßen ... ungesüßt ... schnell konntest du dich wieder fangen ... und Mara war es in diesem Augenblick nur recht, als du mich zur Hauswand hin abdrängtest ... Hast du mich jemals verstanden? Es gibt Dinge, die Männer niemals verstehen. Begreifen wollen und können. Du ...

Flammen, die mich zärtlich umarmen ... zu verschlingen suchen ... Bogdan, dein Blut ... Eden brennt ... lichterloh ... warum hast du mich verraten ...

TAMARKA

Vielleicht wäre es wirklich besser gewesen, nach Riga zu fahren. Oder Vilnius meinetwegen. Aber ich wollte halt Mara eine Überraschung machen. Und so verbeiße ich mir schon seit Tagen die Zähne an diesem Kopli-Mädchen. Harte Nuss. Eigentlich ist das kein schlechtes Zeichen. Eine Herausforderung wohl auch. Allein sie wieder zu finden, ist eine Frage von mehr als nur ein paar Minuten. Auch wenn ich natürlich alle fraglichen Orte kenne, sind sie doch im Grunde in jeder Stadt die gleichen. Egal ob du in Tallinn bist, Warschau oder London. Tamarka also. Stumm sitzt sie heute am Straßenrand, den Blick starr gerichtet auf das hektische Leben vor ihren Augen: Autos, Busse, Straßenbahnen, die in Grünphasen vorüber fahren, bei Gelb manchmal auch, anhalten, nur um schließlich wieder ihre Reise ins scheinbar Unbekannte aufnehmen. Rushhourgetriebene Menschengrüppchen, die an der Haltestelle einsteigen, sich im Inneren der Busse an Stangen festzuhalten oder, auf den Gehsteig ausgespuckt, eiligen Schrittes ihren neuerlichen Zielen entgegen streben. Aufmerksam folgt das Mädchen den Vorübereilenden, schätzt sie blitzschnell ein - ja, nein, vielleicht, mal sehen. Ein Schnelltest der anderen Art, Außenstehenden fast unbemerkt, routiniert könnte man fast schon sagen. Kaum einer, der sie seinerseits eines Blickes würdigt („Schon wieder so eine, es werden immer mehr, man sollte etwas dagegen unternehmen!"). Allenfalls einzelne Münzen, die in ihren Becher fallen („Danke, Madame") - ob sie das überhaupt noch hören? Gar Verstehen? Einerlei, sie sind ohnehin schon wieder weiter. (In Schritten ... und gewiss auch Gedanken.) Fast ein kleines Ausnahmewunder, wenn ihr diese Dame von soeben auf dem Rückweg fast verschämt ein Stück Gebäck reichte ... oder einen Becher mit Kaffee zum Gehen. Aber solche Wunder sind selten. Sie könnte sie an ihren Fingern abzählen. Seit sie hier ist, allein, draußen auf der Straße. Zwei Welten, die sich wohl nicht nur hier begegnen. Tallinn ist groß, manchmal möchte Tamarka meinen, dass es mehrere Städte dieses Namens gäbe. Mustamäe mit seinen sowjetischen Trabantenhäusern etwa, Straßenschluchten, die ihr in früheren Jahren Heimat waren (verrostete Kinderspielplätze, Mama saß immer kettenrauchend auf der Bank, während ihre Kleine die Rutsche malträtierte ... „Noch ein Mal - dann müssen wir aber wieder heim!" „Nein, einmal-einmal!" Natürlich musste das in einem kleinen Drama enden. Oder einem großen ... Wie lange das schon her ist), die Oberstadt mit ihrer kopfsteingepflasterten Postkartenkulisse (wie oft ist sie mit Mara quasi dienstlich dort gewesen, damals, mit Sascha später natürlich auch ... Grischa), das manchmal verschlafen wirkende Pelgulinn mit seinen Arbeiterhäusern, Kopli natürlich ... Verschiedene Käfer, die neben ihr über die Decke krabbeln, in Falten eintauchen, um sogleich wieder zu entschwinden. Irgendjemand hat eine Schachtel Streichhölzer verloren, die Köpfchen leuchten rot auf dem grauen Asphaltboden. (Einst hatte Mara ihr verboten, mit solchen zu spielen. Wann ist das gewesen?) Ein Grüppchen Ameisen, die sich mit solch einem Riesenstab abmühen. Große und kleine ... (Ob sie es schaffen, ihn zu bewegen? Oder zumindest ein wenig?) Sich im Sitzen die Zündhölzchen angeln, sie in das Schächtelchen einordnen, teilweise sind sie schon etwas feucht geworden. Es in die Tasche stecken. Sie wird sie sicher einmal gebrauchen können. Ein kleiner Hund, der sich ihr schnuppernd nähert, sein Herrchen bemüht sich schnell, ihn von dieser Bettlerin fort zu ziehen. („Pfui!") Eine Welt von unten. Ist es ein Spitz oder gar ein kleiner Husky gewesen? Die

Hand in die Tasche stecken, eine Handvoll Rosinen, Bucheckern, die gegen den Hunger helfen. Dann kann sie die Semmel von soeben für den Abend aufsparen ... die Kinder werden sich wieder darum raufen. Vielleicht wird sie aber auch noch anderes bekommen. Mal sehen. Hoffentlich wird es bis dahin keinen Regen geben. Schuhe, Sandalen, Hosen, Leggings und Kleider, die an ihr vorüber eilen. Ihren Zielen entgegen. Verbergen sich hinter ihnen mehr als nur Menschen auf Zwischenreise? Fast zu viele Fragen ... Wie zufällig gehe ich an dem Mädchen vorüber, fünf Euro in ihren Becher zu stecken. "Du hast den Kamm vergessen. Gestern Nacht." Diesmal ist es sie, die ich verwirre. Einen Augenblick. "Bürste." "Meinetwegen." Ohne ein Wort nimmt sie den Gegenstand entgegen, nickt kurz. Den Schein angelt sie aus dem Becher, ihn mir wieder zu geben. Ich schüttle den Kopf. "So einer bist du also!" Die Kleine sollte einen anderen Platz wählen. Oder einen anderen Job. Mal mit ihrem Typen reden. Ohne ihn werde ich nie weiter kommen.

ZWEIHUNDERT

„Zweihundert", sagte Grischa nur, als Tamarka ihn fragte. Mehr war nicht zu sagen. Auch wenn sie weder Krieg noch Sowjetzeit erlebt hatte. „Und Mara?" Schulterzucken und Schweigen. Keiner kann oder will etwas sagen. Auch ihr nicht. Das Schweigen der Straße. Seit sie Bogdan im Nachtdunkel auf die Ausfahrtsstraße legten (weshalb - auch das braucht ihr keiner zu erklären) und Marina nicht mehr bei ihr auftauchte („Alles gut, schlaf weiter") ... sie sich dann auf ihrer Matratze umdrehte, die Decke wieder über den Kopf zog ... mit Mara zu diskutieren hätte ohnehin wenig gebracht zu dieser Stunde. „Du bist noch zu klein für solche Sachen, Tamarka ..." und manchmal nach einer kurzen Pause „... sei froh drum ..." Zweihundert also, Maras Verschwinden, Flammen, die ihrer aller Haus zerstörten. Eden brennt. Grischa ist bald darauf für einen Kurztrip nach Riga gefahren, oder Vilnius; auch Sascha nahm sich eine Auszeit, wie er es nannte; Korman, Ihar, andere der Älteren desgleichen. Exodus. Polizisten, die ein, zwei Tage die Gegend durchstreiften, auch ihr Fragen stellten und doch kein wirkliches Interesse an der Sache zeigten. (Ein kleines Mädchen halt, die auf der Straße herumhing.) Seltsam, und mit einem Augenblick ist Tamarka eine der Großen geworden. „Die Prinzessin" hätte Mara vielleicht ein wenig spöttisch gesagt, aber irgendwer musste jetzt für die Gruppe Verantwortung übernehmen. Tamara - nahe an der 'Macht' ist sie schon früher gewesen ... und wirklich, kaum einer hatte sich ihrem Wort widersetzen wollen. Die Königin. Wenig später ist Grischa wieder gekommen. Ihr Grischa. Auch er hatte schon lange ein Auge auf Maras Kleine geworfen. Grischa-Tamara also. Oder ist Tiia einfach nicht mehr erste Wahl gewesen? Einerlei. Symbiose, wie Julija und Mara ihre Beziehung zu Bogdan immer bezeichnet hatten. Was immer das sein mag. Aber auch ihr neuer Freund konnte ihr nichts Genaueres sagen. Wenn er es überhaupt wollte. Schwamm drüber. Das Leben musste auch so weitergehen, trotzdem ... irgendwie. Ging weiter. Das Gesetz der Straße. Und doch. Eine Wand voller Schweigen.

TAMARKA

Schon wieder ist es spät geworden. Fast zu spät. Eigentlich wollte ich diese Nacht nicht schon wieder auf der Straße verbringen, um die Kleine zu finden. (Was macht das Mädchen eigentlich den ganzen Tag über?) Die Geschäfte schließen in ein paar Minuten. Dann wird es schwieriger. Scheint doch ihr Misstrauen mit steigender Leere der Straßen zu steigen. Ich kann das verstehen. Wenigstens habe ich mich vorhin mit ihrem Boy verständigt. Gespräch zwischen Männern sozusagen. Der mag jetzt wohl anderes denken. Eine Frage der Hormone. Mara hätte mich gewiss nach dem zweiten Satz gehörig in die Schranken gewiesen. Männergespräche sind halt nicht so ihre Sache. Hat deshalb sogar Serkan contra gegeben. Will etwas heißen. Nun ja. Heute ist also Grischa nicht Tamarkas Schatten. Gut so, gewöhnlich würde er rauchend an der Haltestelle stehen. Einen Kopfhörer über den Ohren. Cooler Typ. Mit dem lässt sich reden. Scheinbar zufällig wechsle ich die Straßenseite, um zu seiner Kleinen zu gehen. Seelenruhig füttert sie ein haselnussbraunes Mäuslein weiter, das sich mittlerweile fast bis zu ihren Schuhspitzen vorwagt und dann gleich wieder in einer Nische verschwindet. Bis zum nächsten Mal Sekunden später. 'Eine Haselmaus', würde mir wohl Mara erklären. 'Die sind hier gar nicht so selten.' Kleine Semmelstückchen. Gestern war auch Schokolade dazwischen ... „Du schon wieder ...“ Hätte mir eine nettere Begrüßung erwartet. Immerhin kennen wir uns jetzt schon seit mehreren Tagen! Einerlei jetzt. „Komm' mit, ich habe dir etwas zu sagen ...“ „Nein.“ „Marina ...“ Stumm sieht sie mich an, nickt, ihre Hand zeichnet eine mir undefinierbare Rune an die Hauswand. Schmiererei könnte man glauben. Dann steht sie auf, mit mir zu gehen ...

Ruhig verschwindet der Mond hinter Wolkenfetzen, als wir das Boot betreten. Fahles weißes Licht, geheimnisvoll ... monalisagleich als wollte er uns etwas sagen ...

TALLINN - HELSINKI

Mika blickt ein wenig zur Seite, die Huskies vor dem Fenster sind mit ihrem Herrchen schon lange verschwunden. (Ist es nicht grausam, solche Hunde hier in der Stadt zu halten?) „Es tut mir leid!" „Was?" „Das ..." Ich verstehe nicht, was seine Worte bedeuten - oder ist es nur seine Sprache, die ich noch nicht gänzlich beherrsche? Einerlei ... nicht einerlei. Er wird darob kein Wort verlieren. Schweigen. Ich muss keine Angst vor ihm haben. Geklärte Fronten. Weil ich ihm sonst nur zusätzlichen Ärger bereite. Wie viele Jahre wir uns schon kennen? Es scheinen mir Ewigkeiten zu sein. Seit er ein erstes Mal bei mir im Hafen auftauchte, ich war ein knapp sechzehnjähriges Mädchen, das das schon machte. Machen musste. Hätte es denn eine andere Chance gegeben? Und doch hatte ich immer seine Angebote mit Stolz abgeschmettert. Wusste er denn, dass ich ihm vielleicht sein Leben verdankte? Damals. Julija hatte gelacht - gab es doch zwischen uns immer wieder analoge Fälle. Und so war er oft einfach nur so zu uns beiden gekommen (oder halt zu Julija, ihr wisst, was ich meine), wenn er wieder in Estlands Hauptstadt weilte. Unbeschwerte Tage zu dritt. Manchmal war auch ein anderes Mädchen dabei gewesen. Und Mara wusste, sie könnte auf ihn bauen. Ahnt er denn jetzt, warum ich sogleich zustimmte, mit ihm zu gehen? Ohne zu fragen und im puren Wissen. (So dumm bin auch ich nicht, diesen smarten Kerl nicht zu durchschauen.) Die letzten Tage unter der Brücke mussten reichen, diese Entscheidung zu treffen. Zwei Tage sind achtundvierzig Stunden. Oder viel mehr. Erynnien, die mich stumm verfolgten, unsichtbar, hörbar nur meinen Ohren. Stimmen, die von überall her riefen, denen ich mich nicht mehr zu entziehen können glaubte. Stimmen im Wind, in den Wolken, den nur müden, mir fahl gewordenen Strahlen der herbstlichen Sonne. Flucht. Ein eisiger Wind herüber aus dem Osten, Narvawind wie ich ihn immer in Erinnerung an eine eisige Kindheit zu nennen pflegte (auch Julija hatte schließlich diese Vokabel in ihren Wortschatz aufgenommen, obgleich ihr jeglicher Bezug zu jener Stadt hart an der Grenze zu Russland fehlte), spitze Regenschauer, narvawindgetrieben, die sich mit ersten Schnee vermischten und Typen, die in der spärlicher Wärme der Fernwärmerohre sogar mich anmachten. Mehr von mir wollten. Ganz gleich, was ich davon dachte und sagte. Bogdans Messer musste nicht nur ein Mal in meinen Händen spielen. Die Angst, dass man nach mir suchte. Mich irgendwann finden würde. Ich weiß, was Mikas Worte bedeuten. Er muss sie mir gegenüber nicht gebrauchen. Stilles Einvernehmen also. Ein weißes Boot, auf das wir gemeinsam zugehen. Mikas Arm ruht schwer auf meiner Schulter, meine Linke, die ich um seine Hüfte lege. Mit seinem Handrücken streift er sacht meine Wange. (Ist das ernst gemeint, oder nur eine Geste?) Aschereste, die noch immer in meinen Haaren kleben. Eden brennt. Immer noch. Schwankender Boden, auf dem ich trete; zu gehen versuche. Ahnt Mika denn, warum ich ihn bitte, mich ganz fest in den Arm zu nehmen, als wir die letzten Meter gehen. Still zähle ich die Schritte ... zwanzig, einundzwanzig ... eine sanfte Brise weht uns vom Meer entgegen. An jenem

Abend, als ich dort in Narva in dem Bus stieg, um in Tallinn anzukommen, waren es regenschwere Böen gewesen. Herbstliches Halbdunkel. Damals ist Mara noch ein Kind gewesen. Voller Illusionen, Träume, blinder Hoffnung. Oder ist es nur Verzweiflung gewesen? Ausweglosigkeit ohne Perspektive, kein schrittweises Hineinwachsen in ein anderes Leben. Mag sein, aber das ist jetzt nicht mehr Sache. Nur noch wenige Meter, die jetzt zwischen zwei Welten liegen. Eine neuerliche Flucht - nur auf andere Weise. Mika. Einerlei. Ich will seine Nähe nicht fühlen. Jetzt nicht, will mich nicht binden. Kann es nicht. Nie wieder? Kann auch dies nicht sagen. Will es nicht. Wind of change also. Tulevik õhku? Oder auch nicht ... Mikas Freund (oder Geschäftspartner) hieß uns auf seiner 'Samoa1' freudig Willkommen. Die beiden scheinen sich gut zu verstehen. („Geschäftspartner halt", wie mir Mika später erklärte.) Nur jene Vierte auf dem Boot glaubte, dass alles seine Richtigkeit hätte. Bis Serkan die Karten auf dem Tisch verteilte und uns aufforderte, das Spiel nach seinen Regeln zu spielen. Paarbildung - Männer gegen Frauen. Es dauerte lange, bis er die Kleine soweit hatte, wie er sie haben wollte ... Anerkennende Blicke auf meine Seite. „Du bist gut, Mara, verdammt gut!" Woher konnte er auch ahnen, dass ich jenes Spiel schon zu Genüge kannte und oft bis zum Ende ausspielte. (Solange bis Julija und ich selbst zum Äußersten gehen wollten und das Restliche auch so abstreiften. Nicht nur ein Mal, dass sich die Burschen vor uns ausgezogen hatten ...) Jenes kleine Ding an meiner Seite hatte nach menschlichem Ermessen ohnehin keine Chance! Warum sollte ich mich dann endlos vor sie stellen. Ein Spiel. Mika und seine Mara machten den beiden Platz, als Serkan sein Boot auf Autopilot stellte. Die Sterne draußen an Deck glänzten, als ich Mika anblickte. „Du gibst vor, was wir machen." Das doch sogar mir etwas enge T-Shirt, das er mir vorhin schnell im 'Viru' gekauft hatte, spannte ein wenig an der Vorderseite. „Komm lass, Kleine, du machst bessere Sachen." Leise Wellen berührten den Bootskörper, Kräuselwellen, die sich zärtlich an die 'Samoa1' schmiegten. Aus der Tiefe des Bootes konnte ich Annas Verzweiflung und Wunden hören. „Armes Ding!", seltsam, dass ausgerechnet Mika das sagte, und ich nur mit den Schultern zuckte. Nachtflug. Und als Mika und ich wenig später in Helsinkis Hafen von Bord gingen, ein kräftiger Handschlag für den Mann, eine anerkennende Umarmung für das Mädchen an seiner Seite, habe ich nur noch ein gebrochenes Ding zu mir blicken gesehen. Was jetzt noch sagen, eine Nacht zuvor war *sie* noch als die selbstbewusste Stolze aufgetreten und ich in ihren Augen nur das kleine Mädchen von der Straße gewesen. Mitleid? Verlangt man Mitleid in solchen Momenten?

Helsinki also - früher Morgen, als das Boot wieder aufbrach, ihnen beiden neuen Zielen entgegen. „Kalt noch! Ein Café zu solch früher Stunde?" „Mhm ..." „Nein heißt ja, und ja doppelt ja ... und vielleicht – du kannst es entscheiden. Verstanden?" „Ja." „Nicht so schüchtern, Mädchen, fällt nur auf; und das brauchen wir nicht zu haben." „Saan aru ... verstanden." Mika lachte sein helles Lachen, das nicht nur Marina weich machte. Am östlichen Himmel konnte ich schon die frühe Sonne sehen. Ex oriente lux, Tallinns Schwester hier auf der anderen Meerbusenseite, ein Café in nicht irgendeiner Lage. Am frühen Samstagmorgen war es sogar für Mikas Audi noch ein Leichtes, einen Stellplatz zu finden. Nur wenige Schritte auf die andere Straßenseite, ein gewiss nicht zu verachtendes

Mädchen an der Seite eines durchtrainierten Mittdreißigjährigen, der viel jünger schien als sein Passport zeigte. Ein junges Liebespärchen also zu noch früher Stunde. Die Nacht war gewiss lang gewesen. Aufregend. Vielleicht. Und nur wir beide wussten, was und wie wir wirklich und ohne die uns deckende Hülle waren. Der Zuhälter und sein mordendes Mädchen. Eine erregende Vorstellung. Das könnte auch ein Buchtitel werden. Oder eine Schlagzeile der Regenbogenpresse. Und so stelle ich mir vor ... (Quasi wie eine Berufskrankheit, die Julija und ich immer beim Warten auf Kunden ausgespielt hatten. Ganz gleich ob es Männchen waren oder Weibchen. Gingen erstere auf uns zu, war es ohnehin immer das Gleiche, ganz abgesehen davon, dass es nur selten Schokoladenexemplare waren, die sich zu uns gesellten. Ein Job halt. Ein Brad Pitt hätte nie einen Weg zu uns gefunden. Punkt. Bei Zweiteren konnte es spannender werden. Wenn es nicht solche waren, die nur missionieren wollten.) „Zwei große Kaffee und zwei Stück Käsekuchen?", Mikas Blick wanderte leicht verschlafen zu mir hinüber, „... oder willst du etwas anderes?" „Nein, danke!" (Oder hätte ich nach der neuen Spielregel nur Hm sagen sollen?) Einerlei. Der Kellner notierte. Kaffee – wann hatte Mara das letzte Mal richtigen Kaffee getrunken? Vor Jahren. In Kopli nur To-go-Kaffee – und auch das nur nach besonders anstrengenden Nächten. „Nicht so schüchtern, Kleines. Fällt nur auf." Mika versuchte unbefangen zu lächeln. (Fast ein wenig unsicher; so, als wäre er wirklich verliebt in Marina.) Ein Augenblick. Dann hatten sich seine Züge wieder gefangen. „So, jetzt zum Wesentlichen. Du arbeitest jetzt für meine Firma. Keine Angst, ich biete bessere Arbeit als andere." Marinas Augen verschmälerten sich. Was war des jetzt schon wieder? Grischa,

Bogdan, jetzt also Mika. Es würde eh nicht besser. Einerlei. Was sollte sie jetzt seinen Worten folgen? Draußen vor dem Fenster zog das Leben vorbei: Menschen, Hunde, Autos, ein Bus, erste Kinderwägen, Fahrräder ... Wenn sie jetzt aufspringen würde, zur Tür hinausrennen, auf die Straße ... wie weit würde sie kommen? Bis zur nächsten Straßenecke? Oder weiter? Und dann ... Mika redete, einen Kaffeebecher in der Rechten ... einerlei ... ihr Geschäft hatte sie gelernt ... und Männer sind Männer ... ob sie nun dahin gehen oder dorthin ... okay, nur der Preis war verschieden, die Mädchen ... einerlei ... Mika, was sollte sie ihm zuhören ... die Kleinigkeiten würde sie von selbst schon begreifen. Geschäft ist Geschäft. Sogar dieses. Immerhin machte er ihr den Eindruck, als wäre er ... wie sagen ... zivilisierter als viele andere Typen auf der anderen Seite. Aber was heißt das schon in diesen Kreisen!? „So, und jetzt das Wichtigste, Kleines ...“ „Ich mag das nicht.“ „Was?“ Marina zögerte. Sollte sie sich nicht besser auf die Zunge beißen und schweigen? „Kleines ...“ Ein Grinsen auf seinem Gesicht. Männer-Grinsen. „Passt doch ... okay, dann nur, wenn du kommst ... Also weiter: Den Pass gibst du mir immer sofort, wenn du zurück bist. Ohne Papiere ist es zu gefährlich. Aber keine Dummheiten, Mädchen. Verstanden? Ich kriege dich immer. Und zu lachen gibt es dann nichts mehr.“ Als ob sie es nicht selbst genau wüsste. Ein roter Pass. Wie ganz früher in Sowjetzeiten ihrer ... Doch als sie ihn aufschlug ... „Aber das ist doch gar nicht ...“ „Eben.“ „Verstehe ich nicht?!“ „So kommst du mir erst gar nicht auf dumme Gedanken. Und außerdem: Deiner ist wohl sicher schon lange abgelaufen. In Ordnung also?“ Marina nickte. Ihr Pass, ein fremder: Sofija Ivanovna Nikolaeva, geboren am 23. August ..., Orenburg ... „Wer ist dieses Mädchen?“ „Arbeitet auch für mich.

Braucht den Pass nicht, und ihr seht euch ähnlich." „Und warum ..." „Du fragst viel, Kleine. Nicht gut." War da eine Wolke in seinen Augen? Vielleicht bildete es sich Mara auch nur ein. „Die passt nicht dafür. Naiv, zu unsicher. Auftreten ist wichtig. Ein Hauch Selbstbewusstsein. Authentizität. Na ja, und immerhin kennst du dich schon in dem Geschäft aus. Ein wenig zumindest." Mikas Fingerkuppen trommelten leise auf der Tischplatte. „Verstehst du?" „Vielleicht, nein, ein wenig." Bestimmte Angelegenheiten mussten auch in diesem Geschäft erledigt werden – das sah auch Marina ein. Mika hatte anscheinend niemand Festes für solche Jobs – vielleicht zu teuer, vielleicht wollte er auch keine von Außen, die zu viel fragte und wusste ... „Natürlich hast du auch sonst gegenüber den anderen Privilegien. Das ist klar. Wie gesagt: Ich biete bessere Arbeit." Eine Umhängetasche, modische Turnschuhe, Kleidung wie sie sie sich daheim nur erträumt hatte, der Drogeriemarkt um die Ecke – Sofija Nikolaeva, eine junge Frau aus Orenburg, zu Besuch bei ihrem Freund, dumm war sie nicht, ihre Geschichte konnte sie spinnen. Und schweigen war ohnehin besser als reden. Einkaufen. In den nächsten Markt zwei Straßenzüge weiter. Zuviel von Gleichem in einem Laden wäre verdächtig. Wie gut, dass in der Schule Englisch gehabt hatte. Das machte es leichter. Echter. Die Einkaufsliste, an der vereinbarten Kreuzung wartete schon Mika. „Steig ein." Geräuschlos fuhr der Wagen an, beschleunigte und bog um die Ecke. „Alles in Ordnung?" „In Ordnung." Neugierig musterte Mika das Mädchen von der Seite, nickte stumm in sich hinein, ganz so als wollte er es sich selbst bestätigen: „Eine gute Investition. Die weiß, was sie tun muss." Marina - es war nicht bei dem einen Einkauf geblieben. Auch wenn die Stadtviertel sich änderten und mit ihnen die

Geschäfte. Später waren auch andere Aufgaben hinzugekommen. Anspruchsvollere, interessantere allemal, freiere. Aber auch das andere war nicht an ihr vorüber gegangen. Wie auch? Und doch war es leichter. Ein wenig zumindest. Auch wenn Hölle Hölle ist und Finsternis Dunkel. Marina, ihr Leben. Ein neues, altes. Wenn sie mit Mika allein war, war sie fast sein Mädchen. Sofija-Marina. Was wusste sie von diesem russischen Mädchen? Sie würde nie fragen. Nur schweigen. Aus Angst, um sie, aus Angst davor, es zu wissen. Sofija Ivanovna Nikolaeva, 21 Jahre, geboren in Orenburg, Russland. Sie wusste nicht mehr als ihr die Seiten ihres Passes erzählten: Namen, Zahlen, eine Reise in die Türkei im Vorjahr ... (alleine, zusammen mit anderen? Ihrem Freund? Der sie später verließ? Vielleicht wegen einer anderen, die er dort kennen gelernt hatte? Wie viele Tränen hatte sie daraufhin vergossen? Und war sie deshalb hierher gekommen?) 12. Oktober dieses Jahres – der Visumsstempel für Finnland, für ‚Schengen'. Was war in der Woche seitdem geschehen? Vieles. Oder doch so wenig. Sie konnte es sich nur aus Eigenen erdenken: ein Mädchen, groß, schlank, mit einem ausdrucksvollen Gesicht, den richtigen Brüsten (genau so, wie die meisten Männer es wollen), gewiss nicht dumm, naiv allemal ... War sie mit Mika gekommen? Serkan? Zusammen mit anderen Mädchen? Alleine? Über Russland? Baltikum? Oder auf anderen Wegen? Was hatte er ihr versprochen? (Den Klassiker von guter Arbeit im Café, ganz seriös natürlich, wo dachte sie nur hin, eine Karriere auf dem Laufsteg. ...) Oder hatte er sie erst hier 'gekauft? Wie Marina auf der Straße mitgenommen? Sollte sie eigentlich ihre Arbeit machen ... und war gescheitert? Vielleicht. Es war so viel, was sie fragen wollte ... wissen. Warum? Weil sie jetzt diese Sofija war. Und dieses Mädchen mit den schon stumpf gewordenen Augen, so leer und grundlos wie abgrundtiefe Höhlen, mit blauen Flecken an Stellen, die sie auch den anderen gegenüber noch immer tapfer versteckte – Marina. Olja, Sofija – Mikas Mädchen: Olja, kaum älter als sie, lange blonde Haare, zum Zopf geflochten, über die Schulter geworfen, Sommersprossen, runde, einladende Formen: „Petersburg. Und du?" „Tallinn." Sie hatten gleich Freundschaft geschlossen. Olja, Marina. Sofija? Ein getretenes Kätzchen: Schweigen, unterdrückte Gefühle, Angst, Scham. „Du brauchst dich vor uns nicht zu genieren, Sonja. Wir sind nicht besser." Sofija hatte wortlos ihr Handtuch genommen, sich eingewickelt und war in die andere Ecke gegangen. Nur ein Schulterzucken der beiden anderen: „Anfangs ist es am Schwersten!" Mehr nicht. Jede hatte selbst mit dem Leben zu kämpfen. Und als Marina zu dem verstörten Mädchen getreten war, hatte sie sie nur mit einem fast hasserfüllten Blick angesehen, als ob sie alles wüsste: „Ich … ich sollte …" „Wir alle träumten von etwas Anderem. Sonst wären wir nicht hier. Verstanden?!" Sofija schluckte: „Du auch?" „Wir alle." Was nur sagen? Besser schweigen? Oder energisch sein? „Du musst stark sein, Sonja, stärker als die da. Sonst hast du verloren." Was redete sie denn zusammen. „Und vor allem: einfach vergessen, was die da machen … oder …" War es nicht besser, das Wort zu verschlucken? „ … mitmachen." Sofijas Augen, wortlose Krater voll erloschener Feuer. „Wenn du es kannst, Sonja." Eine Pause. „Ich kann nicht." „Ich auch nicht … Aber du musst es versuchen." Irgendwo draußen schlug eine Uhr – gleich würde es wieder beginnen. „Und jetzt, du musste es jetzt machen, ich zeige dir, wie es geht … Soll ich?" Ihr fast dankbares Nicken. Minuten, kurze Anweisungen, Sonjas willenloses Gehorchen. Maras Hände kannten die Wege.

„Entspann dich, dann geht es besser." Minuten. „Dreh dich um."
Und schließlich: „Du siehst wirklich gut aus!" „Aber ..." „Nichts.
Auf so etwas steh'n die ... Und dann ist es leichter." „Aber ..." Nur
jetzt ganz cool bleiben, sonst brach alles zusammen. „Wie gesagt, du
musst alles an dir abperlen lassen, als wärst du eine andere, nicht
du, sondern ... Marina zum Beispiel. Kannst du dir das vorstellen?"
Sofija überlegte: „Geht das?!" „Es muss gehen." Und als sie Sofija
vor sich aus dem Bad schob: „Weißt du, manchmal ist es weniger
schlimm, mitzuspielen, ohne Gefühl und wie eine Maschine, als
tatenlos dazuliegen und alles über sich ergehen zu lassen. Dann ist
es leichter. Ein bisschen zumindest." „Meinst du?" Sofija – als sie
wenig später schreiend in das Zimmer gerannt kam, war Marina
wortlos aufgestanden und wie selbstverständlich zu dem
wutschäumenden Mann gegangen. „Sie ist neu. Machen wir zwei
weiter." Sofija – Marina. Als sie später zu Sonja zurückkam, hatte
sie in der Ecke gekauert und geweint. „Kopf hoch, Sonjetschka, ich
verrat dich nicht." „Der, der wollte ..." „Ich weiß ... es geht bald
vorüber." „Meinst du?" „Einmal ganz sicher." Dann hatte sie ihr
ein fast mechanisch angefeuchtetes Taschentuch gereicht ...
(„Wisch es ab. Die Tränen auch. Verweinte Mädchen will hier
keiner.") und war wieder nach unten gegangen. Doch tags darauf
hatte sie Mika gebeten, das Mädchen zumindest anfangs zu
schonen. Ein verständnislos anmutendes Schulterzucken als
Antwort. „Wenn du meinst. Eine Woche meinetwegen. Normales
aber wird sie doch jetzt schon schaffen?!" Normales. Was wusste
Mika denn , was normal war in ihrem Leben ... Die ersten Tage
waren auch für sie nur Hölle gewesen: Horror, Schmerzen,
Demütigungen. Ekel. Aber dann, irgendwann war sie abgestumpft
genug, um es wirlich nur als Job anzusehen. Zumindest ein wenig.

Nach Wochen Hölle lebst du entweder oder bist schon am Ende. So einfach war es. Marina war nicht am Ende. Sicher hatte ihr die Zeit auf der Straße geholfen. War das nicht viel härter? Zwei Mittel gibt es zum Leben: Umsicht und Organisationstalent, ihr Körper zum zweiten. Männer sind Tiere; nur aufpassen muss man, der Rest scheint Routine. Wie Einkaufstaschen aus Passantenhänden zu reißen: ein Griff, mit schnellen Schritten weg in der Menge. Die Beute wurde verteilt nach dem Schlüssel der Ersten. Die Straße, als Mädchen hast du es nicht leicht, brauchst mehr den Schutz der Gruppe. Punkt. Marina war nicht irgendeine in der Clique gewesen. Die Königin. Doch auch sie musste andere bedienen. Machte es. Einerlei. Manchmal auch nur aus Langeweile. (Was sollte man sonst an langen, kalten Wintertagen auch anderes tun?) Ein Perlenspiel mit lebenden Steinen. Julija, Bogdan, Marina. Verrat. Für alles, was du auf der Welt tust, musst du einen Preis zahlen. Diesen? Flammen, die alles verzehren. Als sie wieder so weit war, dass sie sich am Leben glaubte, war sie Mika begegnet. Irgendwo in der Nähe des Hafens. (Oder war es in einer der Straßen von Kopli?) Er hatte ihr nachgesehen, schön war sie noch immer; eine Bohnenstange gewiss, aber die Andeutung gewünschter Formen; ein Feuer das in ihr brannte, als er sie ansprach; ein Blick auf den Mann, von oben nach unten: „Hundert – aber mit. Verstanden?!" „Okay, wo wohnst du?" „Hier." Er hatte sie mitgenommen. Ein schäbiges Hotelzimmer nach hinten hinaus, ein wehleidig stöhnendes Holzbett, ein Augenblick, der Rest war wie immer. Später hatte sie nur gefragt: „Wo?" „Helsinki." „In Ordnung." So war es gewesen. Sie wollte nur fort aus der Hölle. Und dann? Am nächsten Abend hatte sich die Sonne durch dunkle Wolkentürme hindurch gekämpft, als sie nebeneinander zum Hafen gingen; Flammen hinter ihr – eine fremde Welt vor Augen. Helsinki also jetzt, diese Schwester ihres estnischen Tallinn. Straßen, sie musste sie nicht kennen; ein Hinterhaus mit hohen Fenstern; verdreckte Scheiben, vielleicht war es besser so, Vorhänge, rote Stofffetzen, sie bedeckten kaum die Öffnung; Arbeit, Stumpfsinn, Männer. Wenn Frauen mitkamen, war es oft am Schwersten. Kahle Wände um sie, ihr stummes Gefängnis; wenigstens schütze es sie vor Kälte, den Bullen, dem Draußen. Ein Anfang. Routine, die keine werden wollte, konnte. Einerlei. Was erwartete sie denn noch vom Leben? Oljas Erzählungen, Sofijas Tränen. Fremd war ihr beides. Einerlei. Was kannten die denn vom Leben?! Nichts oder nur die eine Seite. Doch dann kam Sehnsucht. Wonach? Nach den Wolken, die über Kopli zogen, dem Schrei der Möwen am Kai, den verschmutzten Straßen ... den Stimmen der Jungen, auch wenn sie sie früher oft nur gehasst hatte. Tamarka. (Wie mag es ihr jetzt gehen?) Vorbei. Vorüber. Verkauft. Wofür? Für ein anderes Leben? Ein besseres? „Lass mich gehen. Ich brauche mein Leben." Mikas Hand umfasste fest ihr Handgelenk, so fest, dass es Marina schmerzte, so als wollte sie sagen: „Vergiss es!" Mehr nicht. Gefangen, verloren. Tage voll Hoffnungslosigkeit, Nebelgrau. Warten. Worauf? Auf den Schrei ihres Lebens: laut, kräftig pulsierend und schlagend. (Wie der knatternde Flügelschlag der Schwäne am Himmel.) Früher hatte sie Steine genommen, wenn sie wütend war, und hatte sie um sich geworfen: kleine, Kieselsteine, große. Alle hatten sich in Deckung gebracht. Es ging bald vorüber. Eine Explosion. Wenig später saß Marina wieder ruhig in der Ecke. „Mara braucht es." Manchmal war dann Grischa zu ihr getreten, nur er, der es durfte, hatte seine vernarbte Hand um sie gelegt, sie zu sich gezogen und ganz leise zu reden begonnen. Was nur? Sie hatte es schon vergessen. Als wäre auch dies schon nicht mehr ihr Leben. Vergangenheitsbilder, verflogen, hier nur ... Anfangs hatte Olja ganz zart ihr Gesicht gestreichelt, Gesicht, Hals und weiter, wenn sie wieder schreiend aus dem Schlaf aufgeschreckt war: „Ganz ruhig, Marusja, es war nur ein Traum, nichts weiter." Was konnte sie denn ahnen, was für Bilder Mara des Nachts verfolgten. Tags über. Flammen, die alles verzehren. Fremdes Blut. Bogdans. Die Stunden vor dem. Seltsam eigentlich, dass ihr Körper immer noch Grischa vermisste. Nicht Bogdan. Jetzt liebkoste sie ganz sanft Sofija. „Ganz ruhig, Sonjetschka ..." Und Sonja schmiegte sich näher hinein in ihre wandernden Arme. „Träume sind nur Schattenbilder, mehr nicht, sie gehen vorüber." „Meinst du?" Was darauf erwidern, ohne zu lügen? Olja, Marina, Sofija. Helsinki, jetzt, hier. Ein Vormittag, ganz gleich, irgendeiner, Montag oder Dienstag. Einerlei, was spielte es denn für eine Rolle?! Ein halb schon gefüllter Beutel über ihrer Schulter, ein Einkaufszettel in Tasche: zwei Packungen Kondome noch, Creme, Seife (möglichst mit angenehmem Duft. Lavendel?), Haarwaschmittel und etwas zum Trinken. Wenn sie alles günstig bekäme, könnte sie vielleicht noch etwas für Olja und Sonja bekommen. Eine Tafel Schokolade etwa, auch wenn es unsinnig wäre, für so etwas Geld auszugeben. Oder gerade ganz richtig ... In Kopli waren ihnen die Kleinen noch tagelang nachgelaufen, wenn sie, Julija oder ein anderer der Großen großzügig gewesen waren. Und was waren sie drei denn hier anderes als unmündige Kinder?! Ja, sie würde es heute probieren. Zartbitter - so wie ihr Leben ... Die Ampel, grün, eine Stimme: „Passport." „Ja, Moment." Ihr Pass, Sofijas, der Polizist musterte aufmerksam die Seiten, dieses Mädchen ihm gegenüber nicht minder. „Puhuate suomen kieltä?" Marina schüttelte den Kopf. „Russisch, Englisch." Sofija Ivanovna Nikolaeva, geboren ... sie durfte es jetzt nicht vergessen ... Fragen ... Antworten ... irgendwie ging es auch so ... „Name?" „Sofija Nikolaeva." „Geboren?" „23. August ... Mein Freund ...", nur jetzt nichts Falsches sagen, „... er hat mich sitzen gelassen ..." Sofija, wie hätte sie jetzt geantwortet? Einerlei – es war nicht mehr wichtig. „... und ... ich weiß nicht ... habe kein Geld ..." Der Beamte runzelte die Stirn ... „Glauben Sie mir doch ... ich will nur nach Hause." „Wo ist das?" „Tall..." Fast hätte sie sich verraten. „Orenburg, Rossija." Wie ein Kreisel drehte sich alles. Wenn er etwas ahnte? Vielleicht wusste er schon alles? Was dann? Was nur tun? Fliehen? Alles sagen? Und dann? Olja, Mika. Sofija. Vor Tagen ist Serkan hier gewesen. Wohin ist Sonja verschwunden? Dumme Frage. Nataschka ist ein nettes Mädchen. Ukrainerin. Wie weiter? Ein Entschluss ... ein schneller Schritt auf die Straße, Autoquietschen, Hupen ... nur laufen ... nur weg hier ... es war doch ohnehin alles verloren ... laufen ... weg nur ... irgendwie würde sie es schaffen. Laufen. Nein, langsam, ganz langsam in der Menge verschwinden. Marina, ein kleiner Fisch, vielleicht sollte sie ihre Jacke ausziehen, über die Schulter werfen, sie schließlich verlieren. Nicht vielleicht. Die Haare, ein Knoten, nach oben, ihr Lippenstift, wo war er, ja hier in der Tasche. Die Polizei würde sie nicht mehr erkennen. Und wenn: „Sofija Nikolaeva?" „Nein, Marina ... Kopli." Vielleicht würde man es sogar hier noch verstehen. Helsinki – Tallinn. Der Hafen. Aufmerksam musterte sie die Boote – große, kleine, Gruppen, einzelne Segeltouristen. Er sollte wohlhabend sein, nicht zu jung und alleine. Helsinki – Tallinn. Langsam schlenderte sie weiter. Irgendwann würde man(n) sie vielleicht fragen: „Wie viel?" Und sie: „Tallinn?" Ein

Nicken vielleicht. „Nach dorthin." Tallinn. Wohin? ... Eine Katze, grau-schwarz-weiß, sie strich ihre Beine. Der Wind, zaghaft und sanft ... würde er sie tragen? Dorthin? Weiter? ...

Ein Auto, neben ihr auf der Straße, seine Stimme: „Steig ein, Mädchen. Ich habe es gesehen. Du bist einfach klasse."

MARINA

Mika also. Wieder Mika. Und Zeiten, die sich nicht wandeln. Oder nur auf andere Weise. Symbiose ohne Stockholm? Mag sein. Und so mussten wir schließlich doch beginnen, uns gegenseitig zu finden. Irgendwie. *Tempora, quae non mutantur. But nos mutamur cum illis.* Oder so ähnlich. Sind wir beide doch viel zu stark, um aufzugeben. Zu stur vielleicht auch. Und aus Vertrautheit wird vielleicht durch die Zeit doch auch Liebe. Oder etwas Ähnliches. Ich habe Mika gerade versprochen, ihn am Hafen abzuholen. Ihn und die Neue, um genau zu sein. Sina und mich wollte er ja diesmal nicht mit haben. Auch wenn ich sein Argument nicht so ganz verstehe. Aber okay, Ober sticht Unter. Wollte halt freie Hand haben bei der Reise. Kann man ja auch verstehen in seinen Kreisen. Ganz abgesehen davon hatte ich nicht nur mit der Kleinen wirklich viel um die Ohren. Die sms mit der Ankündigung seiner Rückkehr ist heute früh angekommen. Korrespondenz durch Wind, Land und Wassermassen. Privat, geschäftlich sozusagen. Mal sehen, wie das Mädchen reagiert, wenn ich mit einem Baby erscheine. Große Augen? Wird wohl noch träumen, wie so viele zuvor auf diesem weißen Segler ... (Oder ahnt sie schon alles nach den vergangenen Stunden? Manche kapierten erst, als sie Mika in die Wohnung einsperrte, und erste Kunden aufkreuzten.) Die Überfahrt wird sicher nicht ganz einfach gewesen sein. Herbstwetter eben. Der Baum vor dem Haus hat zumindest arg unter dem Sturm gelitten. 'Puun katkeaminen' auf Finnisch, wenn ich mich richtig entsinne. 'Разрушение деревьев' in meinen Worten, Baumbruch. In Kopli wäre ich jetzt gleich nach draußen gegangen, die Bruchäste aufzusammeln (rasch, dass sie nicht zu viel Feuchte abbekommen und im Schuppen schneller trocknen). Zum Glück hat der Regen endlich nachgelassen. Kalt ist es trotzdem. Also Sina warm einbacken, Mütze, Handschuhe, sicher wird sie gleich wieder versuchen an meinen Haaren zu ziehen- rechts ... links. ("Krch ... das tut weh!") Die frische Luft wird ihr sicher gut tun. Mir auch. Und gemeinsam in den dm zu gehen, ist ohnehin besser. 'Au-then-ti-zi-tät ist wichtig', würde Mika sagen ... Mag sein, auch wenn ich manchmal einen Einkauf ohne sie vorziehen würde. Wenn es schnell gehen soll zumindest. Sina quengelt in meinem Arm. Sie ist ein unruhiges Mädchen, weint viel, ist ständig in Bewegung. Ein anstrengendes Kind. Wie ihre Mama eben, würde Mika jetzt meinen. Nun gut. Wie oft lässt sie mich an ihrer Welt verzweifeln. Viel zu oft. Ja, manchmal kann ich dieses kleine Ding, das ich doch auch bin, nur hassen. Und manchmal ... Vielleicht lernt man sein Kind nur dann lieben, richtig lieben, meine ich, wenn man dies als Kind selbst erlebte. Ich weiß es nicht. Und kann nur das Gegenteil hoffen.Weiß ich doch selbst nur zu genau, wie ich um Mamas Liebe kämpfte, bettelte. Wie oft vergeblich, will ich nicht sagen ... Vielleicht kann Sina mir später einmal Antwort geben, bin ich doch nie reif für diese neue Rolle gewesen. Nicht reif für ein kleines Mädchen, nicht reif für dieses neue Leben. Und so hörten wir schon bald auf, einander mehr als nur physisch

Mama und Tochter, sondern altersmäßig wahrlich ungleiche und doch so gleiche Schwestern zu werden. Zwei Mädchen von der Straße - wie soll ich es sagen ... Tamarka2 und Marina sozusagen? Aber auch das wäre irgendwie falsch gegriffen. Sina, kleine Schwester. Warum ich dich so nannte? Weil Mika laut fluchte, als ich ihm eines Morgens mit bangem Herzen den Teststreifen zeigte: „Dann musst du es wegmachen!", und ich – mehr aus Protest gegen seine Worte, seinen Ton mir gegenüber, denn aus innerer Überzeugung – leise protestierte ("Nein!"). Unschöne Worte sodann, die ich besser verschweige, nicht nur von seiner Seite, bis er schließlich mit den Schultern zuckte und akzeptierte, dass ich nicht abtreiben wollte. Obwohl er sonst alle anderen Mädchen dazu zwang, es zu tun. Mit allen Konsequenzen, die es letztlich bedeuten sollte. Sonderbehandlung. Wieder einmal. Weil bei mir alles anders ist als bei den anderen in seinen 'Diensten'. Weil Mika seine Mara liebte? Doch liebte – nur auf seine Weise? Irgendwie ... so ... und er später ganz sanft auf meinen Bauch klopfte, wenn wir wieder einmal durch Suomis Pampas düsten oder die Sauna in seinem Sommerdomizil unweit der Grenze zu Russland aufsuchten: „Sina". Weil „Sina" in meiner zweiten Sprache nur „Du", bedeutet und ich dich in meiner Muttersprache auch „Aná" hätte nennen können, ist es mir doch lange nicht leicht gefallen, dieses neue Ding in mir zu akzeptieren, von dem ich nicht einmal sagen konnte, ob es wirklich von Mika abstammte. Oder von dem Wiener Geschäftsmann, der mich in der fraglichen Zeit so oft bei Mika buchte, dem schwedischen Beamten, der so sehr auf Diskretion Wert legte (und dabei das größte Schwein war, das ich kannte ...) oder ... Einerlei, wollte ich doch ohnehin nur die Hälfte Gene minus x von Mika in mir tragen, wachsen lassen, einer neuen Welt

Eingang verschaffen. Sinotschka also, wie sie meine russische Mutterseele nannte, als man mir dieses winzige Wesen zum ersten Mal auf den Bauch legte. Sina - du. Mehr nicht, oder gerade deswegen. Ist deshalb auch meiner Kleinen eine dicke Drachenhaut gewachsen, sie zu schützen vor dieser 'bösen' Welt dort draußen? Hart zu machen. So hart wie Grischa es war unter seiner eigentlich so weichen Hülle, die er nicht zeigte, zeigen wollte, durfte ... und doch mir so wunderbar oft nicht verhehlte. Flüchtige Lichtfetzen quasi, die sich für Sekunden durch dicke Wolkenwände kämpften, kurz aufblinkten, um sogleich wieder in trüb-dunkler Grauheit zu verschwinden. Wenn er mich für einen kurzen Augenblick im KUMU in den Arm nahm, kurz festhielt, eine Sekunde, zwei, drei vielleicht, um mich gleich darauf wieder roh von sich zu stoßen. Als hätte ich ihm weh getan, weh tun wollen. Nicht nur damals, als ich ihn überredet hatte, gemeinsam ins Museum zu gehen. Und Grischa zustimmte, obwohl er doch eigentlich mit Kunst so wenig wie gar nichts anfangen konnte. Seiner Mara halt wegen. Und ich habe nicht verstanden. Wir hätten doch auch anderes tun können. Ganz gleich, auch wenn Fußball oder Basketball eher weniger mein Lieblingsnachmittag gewesen wäre. Also ein Alternative für beides finden. Handball zum Beispiel, Schwimmen. Eislaufen in Wintertagen. Ist das Liebe? Wie oft waren wir ganz nah zusammen. (Und das nicht nur räumlich, wenn wir unter seiner Decke nach Wärme suchten.) Sicher hätte jeder andere Mensch auf der Welt gewusst, dass uns vielleicht nur noch ein winzig kleiner Schritt fehlte, unsere Flügel auszuspannen ... nur wir nicht ... und so musste auch dieser Moment wieder in Belanglosigkeit münden. Alltag halt - 'do ut des' sozusagen. Ganz so, als wären wir uns gleichgültig beide. Symbiose. Ein Denkfehler? Hänsel und Gretl könnten doch auch niemals einander Freund und Freundin werden. Extrafamiliär meine ich. Sogar in Kopli auf der Straße. Seltsam, und so musste es mir zur Liebeserklärung werden, von Grischa fast vier oder fünf Treppenstufen hinunter gestoßen zu werden, nachdem wir zuvor minutenlang wortlos auf einer dunklen Hinterhoftreppe gesessen hatten ... Es war uns beiden so viel und nicht in Worte zu fassen. Wir konnten es nicht. Drachenhaut. Oder gerade deswegen. Und so sind wir beide uns immer nur ungleiche Geschwister geblieben, die einander viel zu oft zur Hölle wurden und sich doch blind zu verstehen schienen. Vertrauten. Mehr nicht. Obwohl wir beide ganz tief in uns von anderem träumten. Grischa-Marina. Vielleicht ist daher ausgerechnet dieses drachenhautlose, naive Ding namens Tiia zu Grischas Rettung geworden. Mag es so sein. Auch wenn es immer noch weh tut. Sehr weh sogar. Weil es jetzt zu spät ist ... uns beiden. Sinotschka weint. Seltsam, dass ich in ihren immer öfter Grischas große Augen sehe. Runde große Sonnen. Wie oft warf ich ihm dann vor, mir nur Erfundenes zu erzählen. Punkt. Keine Widerrede. Auch wenn er mir dann stets versicherte, es nie tun zu wollen. Und es so wohl oft auch stimmte. Sicherlich ...

MIKA

'Tempora mutantur. Et nos mutamur cum illis', wie Mara häufig sagt. Ovid ... ein wenig ... oder so ähnlich. Marina hat versprochen, uns am Hafen abzuholen. Ich weiß, sie wäre gerne auch diesmal mitgekommen. Gewiss - Riga ist schön ... viel schöner als Tallinn, wie sie schon damals sagte. Mein Gott, wie lange das jetzt wieder her ist!?

War wohl genauso alt wie jetzt die Kleine an meiner Seite. Well - Spaß gemacht hätte es uns sicher - allein Maras Versuche, das Segel aufzuziehen, Sinotschka im Tragetuch auf dem Rücken zieht beherzt an Mamas Haaren (ihr in solchen Fällen obligatorisches 'Krch - das tut weh!' kann ich auch ohne Tonspur hören), könnten Tausende User auf Insta in Lachsalven ausbrechen lassen - und geholfen hätte sie mir natürlich auch bei der Akquise. "Die kann was", wie nicht nur Serkan sagt. Und das will bei ihm schon etwas heißen! Goldstück. Aber mit sehr scharfen Kanten. Man merkt halt, dass sie vom Fach ist. Ein Mädchen von der Straße in Reinform. Weiß, was sie will, wo Grenzen, lässt sich nichts vormachen. Oder nur ein wenig. Und sprachlich steckt sie manchen Dolmetsch in die Tasche. Auch gut in diesem Geschäft. Einfacher. Die Mädchen wissen es halt zu schätzen, mit Gleichaltrigen auf Augenhöhe zu sprechen. Muss ja nicht immer die Lover-Rolle sein, um sie rumzukriegen. Au-then-zi-tät ist die Maxime. Oder willst du etwa in ein Café jobben gehen, wenn du schon im ersten Moment fühlst, dass der Typ eh nur an deine Wäsche ran will? Gewiss nicht. Aber Sinotschka ist halt wirklich noch viel zu klein, um sie tagelang durch die Ostsee zu kutschieren. Auch wenn ihre Mama natürlich laut protestierte. Marina eben. Ob sie ahnt, wo ich war, wen ich diesmal mitbringe? Bin gespannt. Diesen Grischa werde ich mir auf alle Fälle warm halten. Ein Bluetooth-Kopfhörer für die Kleine ist wirklich kein schlechter Deal gewesen. Oder? Wird sicher bald eine Neue finden. Nur diese Tiia würde ich dann sofort an Serkan weitervermitteln. Ist zwar echt scharf, aber ein Blutbad muss ich nicht unbedingt erzwingen. Tamarka ist ja auch nicht gut auf die zu sprechen. Na ja, Grischa eben. Die Überfahrt hat wieder endlos gedauert. Heftiger Sturmwind aus West, als wollte er uns hindern, gen Suomi zu

fahren. Weg von Tallinn. Spitze Regenschauer, die ins Auge stachen,
wenn wir an Deck gehen wollten. Dunkle Wolken zwischen Himmel
und Wasserbeben. Weltuntergang könnte man sagen. Tamarka
lacht, als ich dieses Unwetter zum Gesprächsthema machen möchte.
Gewiss, es hat schon schlimmere Stürme gegeben. Zum Segeln ist er
trotzdem nicht ohne gewesen. Tamara Vögelchen. Die Kleine ließ sich
erst kurz vor Helsinki überreden, zu mir hinunter ins warme
Trockene zu kommen. Bis auf die Knochen nass und bibbernd vor
Kälte. Natürlich ließ sie sich nicht von mir trocken-warm reiben.
Schon mein Vorschlag führte zu einem kleinen Beben. Marina2
eben. Mara wird ihr später alles zeigen … erklären. Das meiste wird
sie ohnehin von drüben schon kennen. Kopli ist eine gute Schule …

TA-MARA

„Es ist Zeit, Schwester." Leise bauscht der Wind den Vorhang.
„Ich habe das Fenster geöffnet. Dann ist es leichter ..."

Der Wind
hier ... dort ...
gefangen auch sie ...

Wo ist Grischa gewesen?